中国历代通俗演义故事·农闲读本

江湖奇侠传

原著 平江不肖生
改编 冯恒栋
插图 刘 岩

吉林出版集团股份有限公司

图书在版编目(CIP)数据

江湖奇侠传 / 冯恒栋改编. —长春：吉林出版集团股份有限公司，2008.11(2023.8重印)

(中国历代通俗演义故事：农闲读本)

ISBN 978-7-80762-942-9

Ⅰ. 江… Ⅱ. 冯… Ⅲ. 长篇小说—中国—民国—缩写本 Ⅳ. I246.5

中国版本图书馆 CIP 数据核字(2008)第 165840 号

JIANGHU QIXIA ZHUAN

书　　名	江湖奇侠传
出版策划	崔文辉
责任编辑	孙骏骅
出　　版	吉林出版集团股份有限公司
	(长春市福址大路5788号，邮政编码：130118)
发　　行	吉林出版集团译文图书经营有限公司
	(http://shop34896900.taobao.com)
制　　作	猫头鹰工作室
电　　话	总编办 0431-81629909　营销部 0431-81629880
印　　刷	三河市金兆印刷装订有限公司
开　　本	889×1194毫米　1/32
印　　张	6.25
字　　数	101千字
版　　次	2008年11月第1版
印　　次	2023年8月第2次印刷
标准书号	ISBN 978-7-80762-942-9
定　　价	38.00元

(如有印装质量问题请与出版社调换。联系电话：18533602666)

前言

《江湖奇侠传》写于20世纪20年代初,作者是平江不肖生,他本名是向恺然,为当时侠坛首座,领导南方武侠小说发展的潮流,被视为近代武侠小说的先驱,有些人甚至认为该书才是中国第一部真正意义上的武侠小说。该书以近代史上湖南平江、浏阳两县农民争夺赵家坪的真实事件为引子,以昆仑、崆峒两派弟子的恩怨为主线,并写入了清末四大奇案之一的张汶祥刺马案,在历史的真实中进行演绎,让读者感到既生动又不脱离实际。全书总共为160回,前106回为向恺然所写,后来因为稿费原因,就没有继续写下去。从107回起为走肖生(赵苕狂)续写,这样前后的风格有些不同,在此说明。

《江湖奇侠传》以柳迟为中心人物,把笑道人、金罗汉、陆小青、桂武、常德庆、黎一姑、红云老祖、江南酒侠等一批人物串联起来。昆仑、崆峒两派为了门派的恩怨,各自帮助一县农民争夺赵家坪,结果事情越闹越大,死伤人数也不断增多,这样一来,两大武林门派和个人的恩怨情仇也不断加深,最终由世外高人出面,平息了两派的争斗。该书面市后,被众多公司改编为电影,搬上银幕。其中民国时期胡蝶主演的《火烧红莲寺》,红极一时,备受人们的推崇。2007年底拍摄的《投名状》,更成为武侠片的经典之作。

《江湖奇侠传》原书有百万字以上,我们在这里改编为十万字左右,奉献给读者。这样一来,书中错综复杂的人物关系、细致入微的情节和心理描写,以及个别人物的活动只好割爱,不能把全书完全呈现给大家。我们把书中的主要内容和人物关系提炼出来,用通俗的语言进行加工,从而编成这本小书,希望读者在批评指正之余,能够喜欢本书。

原书作者为了吸引读者,在写作过程中加入了类似神话的写法,这样就免不了有糟粕的东西,我们希望读者在阅读过程中能够取其精华,从整体上把握、感受本书的魅力。

编　者

目录

第一回
柳迟清虚观初学艺 /001

第二回
金罗汉收徒传绝艺 /009

第三回
深山落陷坑遇奇人 /017

第四回
岳麓山上柳迟悟道 /026

第五回
万二呆网鱼收义子 /033

第六回
常德庆救治陆凤阳 /040

第七回
常杨相会引发宿怨 /048

第八回
甘瘤子招桂武为婿 /055

第九回
桂武听红姑诉缘由 /062

第十回
陆小青夜宿红莲寺 /070

第十一回
逢柳迟连夜离贼窝 /078

第十二回
常德庆逞凶遭戏弄 /085

第十三回
093 / 张汶祥意欲走正途

第十四回
100 / 马心仪背信出奸情

第十五回
108 / 使毒计马心仪赠银

第十六回
117 / 报兄仇张汶祥刺马

第十七回
124 / 救巡抚火烧红莲寺

第十八回
132 / 柳迟云游遇黎一姑

第十九回
139 / 致密意殷勤招嘉宾

第二十回
146 / 柳迟慕名拜青牛寨

第二十一回
154 / 白马山单身献绝艺

第二十二回
161 / 柳陈打赌盗取扳指

第二十三回
168 / 师徒破庙听闻禅机

第二十四回
176 / 酒侠戏耍红云老祖

第二十五回
183 / 江南酒侠平息纷争

第一回

柳迟清虚观初学艺

从长沙小吴门出城,向东走去,过了苦竹坳,远远地就能看见一座高山。长沙、湘阴两县的人,都把那山称作"隐居山"。故老相传,说那山有明朝的遗老隐居在里面,所以叫作隐居山。

隐居山脚下,有一个叫柳大成的读书人,中年时才有了一个儿子,故取名一个"迟"字。说来也奇怪,这柳迟打小儿身体就不好,好几次已是死过去了,柳大成延医配药,陈夫人拜佛求神,好容易才保住了这条小命。然性命虽保住了,直病得枯瘦如柴,他五岁还不能单独行走,相貌也是出奇地丑:两道扫帚眉,眉心相接,远远地看起来像个"一"字,两眼深陷,颧骨比常人高出许多,口大唇薄,脸色黄中透青。柳大成夫妇,有时带着他去亲戚朋友家,人家全不相信这般一对漂亮的夫妇,会有这样一个奇丑的儿子。只是柳大成夫妇因中年才有了这个儿子,以后再也没有生育,夫妇两个疼爱柳迟的心,并不因他生得奇丑而减少。

柳迟七岁的时候,柳大成拿了一本《论语》,亲自教柳迟读书认字。谁知柳迟天分极高,只教一遍,便能背诵,把夫妇俩欢喜得不得了。他还有个奇特的本领——过目不忘，不管是多少东西在一起，他只要一看，就能说出结果。最初他喜欢和许多老头儿混，后来又看上了叫花子，把自己也装成叫花子模样。他这样子混了三年，背上已有背七个袋子的资格了。

这天，柳迟从一个村庄经过，见晒稻子的场里有一只老母鸡，大约有四五斤重。他从袋中掏出一把米来，把老母鸡引到跟前，右手掐着鸡脖子，左手往鸡肚皮下一托，那只老母鸡就到了柳迟的手，只略微扑腾了两下，连叫都没叫出一声。他到近处的酒店里买了点儿白酒，然后上山捡了些柴枝，打算把鸡做了大吃一通。忽然他看见一个老道人，身穿一件破布道袍，背上背一个黄布包袱，坐在一块石头上打盹儿。老道人身旁放着一口六七寸宽、一尺多长的红漆木箱，木箱两旁的铜环上系了一条蓝布带。柳迟心中忽然一动，觉得这老道肯定不是寻常人，便走到近前双膝跪倒，磕头说："弟子求师三年，今日才遇见师父。望师父开恩，收我做个徒弟吧！"说罢连连磕头。那老道合着双眼，好像是没有睡醒的样子，根本就没搭理他。柳迟又不停地磕头："师父可怜弟子一片诚心，求师三年，今日才见着了师父。师父慈悲，就收了我吧！"老道终于开口："哈哈，原来你想改行啊，不做叫花，要做道士？也好，我老人家正愁没人替我拿包袱，跟我走吧。"

柳迟提了药箱，跟着老道走了二十多里路，远远地看见很明亮的灯光从树林中透了出来。柳迟朝着有灯光处走去，走近一看，原来是一座很庄严的庙宇。庙门大开，神殿上点着一盏大琉璃灯。柳迟立在门外,朝庙里张望,身边也不见了老道,大概自己先进去了。他一抬头,看见大门牌楼上,悬着一方金字大匾,借着星月之光看去,"清虚观"三个大字映入眼帘。柳迟进了清虚观。

一个小道童正伏在神案上打盹儿,听得脚步声响,立刻跳了起来,对柳迟大喝:"哪里来的穷叫花?怎么讨吃讨到我庙里来了?还不快出去!幸亏我不曾睡着,你是打算来这里偷东西的吗?"柳迟也大喝一声:"胡说,谁稀罕上你们这里偷东西,你坐在这里打盹儿,为什么大门也不关上呢?"小道童一眼看到柳迟提的那药箱,马上有了笑容,问柳迟:"你是送药箱给我师父的吗?我坐在这里等你很久了,实在是支撑不住了,才伏在案上打了一会儿盹儿。"柳迟笑着说:"真对不住,劳师兄久等。不知师父可曾吩咐了什么话?"小道童答:"师父吩咐等你一到,就带去见他。"

小道童领着柳迟来到一间洁净无尘的房内,只见老道盘膝坐在一张床上,垂眉合眼,像是睡着了。老道的衣服灿然夺目,哪里还是白天看见的那件破道袍呢?床的两边,烧着两支胳膊粗的大蜡烛,床前放着一个蒲团。墙上悬挂一把三尺来长的宝剑和一个朱漆葫芦。柳迟不敢怠慢,双膝跪在蒲团上,将药箱举过头顶说:"弟子送药箱来了。"老道两眼一睁,二目如电,柳迟不禁吓了一跳。老道微笑着点头:"你今天十分疲乏了,先去睡吧,明早再来见我。"又向身边小道童说:"你带他找地方住下。"

小道童领着柳迟到了外面,低声问柳迟的姓名、住址。

柳迟都一一说了,又回问小道童的法号,小道童道:"我本姓陈,小名叫能官,山东人。九岁的时候,被卖艺的给拐走了,去了河南。拐我的那个坏蛋叫周保义,总是打我。幸亏师父救了我,还传授给我静坐吐纳的方法,替我取名双清。"柳迟这才明白他的身世。第二天开始,柳迟就在清虚观朝夕用功。时光飞逝,不觉已过了半年。

这夜,柳迟正独自在房中静坐,忽听得屋瓦声响,再侧耳细听,那声音直奔师父的院子去了。他心里一动,悄悄走到老道人房外,只见房间里亮着灯光。柳迟用一只眼睛,从窗缝里向里面张看,只见师父盘膝坐在床上,两边椅上并排坐着十二个人,全都是玄色衣服,青巾缠着头,背上斜插一把长剑,腰间挂着一个革囊,双清坐在末尾的椅上。

只见坐在第一把椅上,一个二十来岁书生打扮的少年说:"贯晓钟在外面杀人、抢劫、强奸,无恶不作,弟子规劝了他三次,可他背着弟子,仍然不改恶习。弟子遇见红姑后,把贯晓钟的恶行说了一遍。可红姑还不大相信,弟子就没有再说。等遇到宋满儿,才知道贯晓钟早在红姑跟前说了弟子不少坏话,把事情都推在弟子身上,还逼着宋满儿作证。宋满儿说也不是,不说也不是。弟子原想把贯晓钟找来见师父,可宋满儿说,他已奉了红姑的命,去常德乌鸦山见朱三师伯去了。弟子恐怕耽误了会期,只得赶回来,请师父发落。"少年说完坐下。老道点了点头,用拂尘指着右边第六把椅上一个瘦削如柴的汉子说:"宋满儿,你大师兄杨天池说的是不是真的?"宋满儿说:"弟子奉命去北荆桥探听甘瘤子的举动,半夜伏在房上，正听甘瘤子跟一个河南口音的男子说和师父争水陆码头的事。贯晓钟将弟子倒提起来，来到了一片青草中。弟子责备他，他反而笑嘻嘻地说：'幸亏我把你提跑。你为何公然伏在人家房上？我若来迟一步，只怕你已被贼人的飞剑斩了。'弟子听了这话，问他怎么知道。贯晓钟说：'我在路上遇见一个河南的珠宝商人，随身带了十万银子的珠宝，就一路跟到了甘瘤子的家，谁知这珠宝商人是甘瘤子的师叔杨赞廷，绰号四海龙王。我仗着红姑给的六丁六甲的符，便大胆进了甘瘤子的内室，伏在天花板里面。才伏下，就听见瓦上有响动。只听甘瘤子说：还是飞剑快，都不用起身。我就急忙借遁出来，提住你的脚就跑。'"

老道接着问宋满儿："后来怎样呢？"宋满儿说："他拉着我去见红姑。我们俩从北荆桥动身前往临湘。在鱼矶遇见了解清扬，说红姑不在临湘，现在喻洞欧阳净明师伯的家中。弟子和他到了喻洞，在欧阳师伯家住了一夜。贯晓钟把他自己干的坏事全推在大师兄身上，还要弟子证实他的话。弟子因不曾听说大师兄有这些违戒的事，也不知道这些事是他自己干的，也就不好说。红姑也没问弟子。红姑吩咐弟子去临湘传信给桂武夫妇，让贯晓钟送信到乌鸦山朱三师伯家里。弟子到临湘的第二日，大师兄也到桂武家来了。"

柳迟正偷听得入了神，陡觉得一阵凉风过去，两眼被红光晃得睁不开眼睛，仿佛房中着了火，就听房中齐说：红姑来了。柳迟一看师父下了床，两旁的十二个人全都站了起来。一个遍身穿红的女子，站在房中间。那女子从头到脚红得像火炭一样，红得让人眼睛发花。头和脸都蒙着红的，只露出两眼、鼻子和嘴。满身红飘带，足有二三百条。衣袖裙边都拖在地下，看不见她的手脚。两点黑漆般的眼珠，像两颗明星。樱桃般的嘴唇开处，微微露出碎玉般的牙齿来。红姑一开口，几乎把柳迟的魂都吓掉了。只听红姑说："你们不知道窗外有人偷听吗？"柳迟听师父哈哈大笑说："自家徒弟，有什么关系？"师父向窗外喊："柳迟，到这里来！"柳迟定了定神，走了进去，先向红姑行了礼，再向自己师父叩头，承认偷听的罪。老道命柳迟坐在双清下首，让红姑床上坐，自己坐在旁边。

众人刚刚坐下，猛听得半空中笑声大作，笑声中传来了一个苍老的声音："劳老弟与红姑久等，恕罪。"话音刚落，就从外面飘进二十五个人来。房中的人一齐起立迎接。首先着地的是一个儒衣儒冠，须发皓然的老者。老者后面跟着一个头似雪、发如霜的老太婆。柳迟猜想这老太婆的年纪必已在八十开外，却见她手中拿了一条水磨纯钢的拐杖，估计至少也得五六十斤。那老太婆提在手中，和寻常竹杖一样轻巧。老太婆的后面，也是一个白胡须老头儿，头顶上光滑滑的，没一根头发，两条白眉毛却向两只眼角边垂下，两眼笑眯眯的，活像是画中的寿星，手中握着一串念珠。后面人的装束和杨天池等人一样。

老道先向老太婆行礼："劳嫂嫂远途跋涉，心实不安。但这回非要请嫂嫂出面不可。"老太婆笑着说："自家人，何必客气。"说着，她在床上坐下来。老道让两个老头儿坐下。柳迟走上前,向三人磕头行礼。三人指着柳迟问老道:"这小子是哪里来的?"老道就把柳迟的来历说了一遍,然后指着白胡须老头儿,向柳迟说:"这位是常德乌鸦山的朱三师伯,名讳镇岳,是雪门祖师爷大弟子。"柳迟忙应了声是,向朱镇岳叩头。老道又指着拿凤头拐杖的老太太向柳迟说:"这位是朱师伯母。"柳迟又恭恭敬敬地向朱老太太叩头。红姑接过话说:"这位是喻洞的欧阳净明师伯。"柳迟也过去叩了头。

欧阳净明看了看柳迟的相貌,开口问:"柳大成是你什么人?"柳迟心里一惊,连忙回话:"是家父。"欧阳净明点头又问:"你有多少兄弟姐妹?你离家几年了?你父母知道你在这里吗?"柳迟说:"只有小侄一人,小侄心恋道术,三年没有回家,父母不知小侄在此。"欧阳净明说:"我前月在南岳进香,在路上遇见夫妇两个,那妇人旋走旋哭,男子安慰一会儿,自己也哭一会儿。我忍不住,便问他们为什么哭。那男子说:'我是长沙东乡隐居山底下的人,姓柳名大成。夫妇两个,中年后才得一子,取名柳迟。三年前,他跟着一群叫花子跑了,至今渺无音信,也不知是生是死。我夫妇老年无靠,而柳家的香火也要断了。我夫妇只得求菩萨显灵,让我儿子回家来。'我当时问明了柳迟的身材、容貌,就帮着他夫妇到处物色,没想到你就在这里。"

柳迟听完之后,掩面痛哭起来。老道止住他说:"不用哭泣,你回家吧。你学道的年龄本来就早,我派你大师兄杨天池送你回家。不过你到家后,不要荒废了吐纳的功夫。我会找时间到你家来指点你,不用你来找我。"柳迟又是高兴,又是依依不舍,只得拜辞了众人,和杨天池连夜回到家中。柳大成夫妇见了,真是如获至宝。从此柳迟便在家中,专心致志地练习吐纳的功夫。不知不觉间,两年的时间过去了,也没见师父前来指点。他本想再去清虚观,可四处打听,却始终没有打听到清虚观在什么地方。

欲知后事如何,请听下回分解。

第二回

金罗汉收徒传绝艺

这一天是柳迟姑母的生日,柳大成夫妇叫柳迟带着寿礼前去拜寿。柳迟的姑母家,在湘阴白鹤洞。从柳迟家到白鹤洞,有四十来里路,中间隔着一座大山,叫黑茅峰。黑茅峰的形状和笔管相似,一峰直立,山上都是奇形怪状的石头。石上长着两三寸厚的黑苔,光滑无比。不是晴朗天气,那山峰总是云遮雾隐,看不出峰头是什么模样。莫说是人,便是鸟雀,也不容易飞上峰头。柳迟吃过早饭,提着寿礼,独自向白鹤洞走去。

柳迟走到黑茅峰底下,想验看下自己功夫的长进,便决定从峰顶过去。他练了两年多的吐纳功夫,不知不觉地,已是身轻如燕,毫不费力就上了山峰,只见一块大石头,尖角朝天,竖起来有三丈多高,五丈多宽,立在峰头上,和一座屏风相似。石下有两只大鹰,每边翅膀足有五尺多长,它们都把翅膀亮开,在那块大石上不断摩擦。大鹰见柳迟上来,并不畏惧,仍不住地摩擦。鹰翅膀摩擦的地方,原本粗糙的石头都被磨得光可照人。两鹰越摩擦越快,只听得喳喳声响。过了好一会儿,两鹰冲天飞去。两鹰在半空中打了两个盘旋,忽将双翅一收,头朝下,尾朝上,比流星还快,向山头直冲下来。两鹰的四只铁钩一般的爪子,在俯冲的时候,抓了四块斗大的石头,又回到了半空中,用嘴在石上连啄几下,啄声锵然,好像石匠用钢钻击打石头一样。那石头经不住鹰这么几啄,石屑纷纷向山头落下。柳迟见了,觉得是旷古未有的奇观,看得都有点儿呆了。他心想:若不是我登这山峰,怎能见得着这般奇事?

两鹰正在那里啄得起劲,柳迟也正看得入神,猛听得大石屏风背后一声长啸,两鹰顿时敛翅而下,并排站立在大石的尖角上。柳迟听到那长啸的声音,急忙抬头,就见一个白发飘萧的老者,巍然站在石尖上面,伸开两条胳膊。两鹰一边一只,分立在两条胳膊上,争着向老者显出亲昵的样子。柳迟一见老者那种仙风道骨的样子,心中立刻产生钦敬的念头,他放下寿礼,朝老者跪下说:"弟子柳迟,向道心切,求老师父传弟子得道。"说完,连连叩头。老者见了,哈哈大笑,笑声响彻云霄,柳迟的耳鼓被震得嗡嗡直响。老者问:"你这个小孩儿,跪在这里干什么?"柳迟重申:"求师父传弟子得道。"老者说:"这山中哪有稻?你要求稻,得向田中去。"柳迟道:"弟子要求的,是道德之道,不是稻谷之稻。求师父可怜弟子,几年下来,弟子还是找不到道的门径。"老者点头笑着说:"原来你这个小孩子,也知学道。只是道有千端,你想学的,是什么道?"柳迟道:"弟子未曾入门,听凭师父指教。"老者说:"可以,我传你道。不过你得拜师。"柳迟大喜:"自然要拜师,弟子在此叩拜了。"说完,又叩头下去。

老者连连摆手说:"拜师不能这样拜。"柳迟忙问:"弟子不知怎样拜法,求师父指教。"老者说:"你拜的时候要记着数,应叩三百个头,叩完了,我才收你做徒弟,传你道。"柳迟应道:"谢师父教诲!"就一个一个地叩下去,心里记着数,叩到二百九十八个时,心想只剩两个头,随便叩两下就完了。柳迟心里才一想,老者又连连摆手说:"不行,不行。像你这样不诚心地叩头,是不能作数的。你要学道,得重新拜过。"柳迟惶恐地说:"弟子该死!求师父恕罪,重新诚心拜过。"柳迟这回又叩到二百九十八时,老者生气地说:"算了,你哪里是拜师,简直是和我开玩笑,不重新拜过,你这个徒弟,我不能收。"柳迟心想:"不错!刚才一颗石子垫得膝盖有些痛,身体略偏了些,所以师父怪我不诚意。此后就是疼得要断气了,我也要一心一意地叩拜。"就这样,柳迟又叩了二百个头。

正要继续叩下去,老者跳下来,弯腰将柳迟拉起说:"不用再拜了。你向道的心非常坚诚,你回去吧,我收你做徒弟了。"柳迟说:"弟子跟着师父走,不愿回家。"老者说:"还不到传道的时候,你跟着我也没用。"柳迟不依道:"弟子无论如何得跟着师父走。"老者说:"你跟我走也行,但要事事听我的话。"柳迟欢喜地说:"自然听师父的命令。"老者笑着说:"那么,你在前面走,我走你后面。"柳迟说:"都是师父在前面走,弟子在后面跟着。"老者不高兴地说:"你方才不是说了,要事事听我的话吗?怎么现在就不听了?"柳迟只好把寿礼提起来,走过了石屏风,回头一望,师父已不见了。他急忙跳上石尖,四处一望,不见一丝踪影。柳迟心想:师父是有道之士,绝不会哄骗我,方才师父说还不到传道的时候,一定有他的深意。师父是得了道的高人,到了可传授我道术的时节,师父自然会找到我家来。柳迟主意打定,转身下了黑茅峰,不一会儿就来到了白鹤洞,在姑母家吃了寿酒,午后辞别姑母回家。

  第二天一早,柳迟练完吐纳的功夫,还没等下床,就听得家里长工在大门口高声说:"化缘哪有来这么早的,你一会儿再来吧。我们东家这个时候还没有起来,我是在这里做长工的,比你更穷,哪有钱和米化给你?"柳迟心中一动,暗想:从来没有来我家化缘的,就是化缘,也没有这般早的道理。我何不出去看看,是不是师父找我来了?柳迟急忙跳下床,来到大门口一看,看见清虚观的老道在门外笑嘻嘻地看着他。柳迟紧走几步,上前叩头说:"弟子该死,不知师父大驾来临,跪接来迟。求师父惩处。"老道伸手将柳迟拉起,两眼在柳迟脸上看了又看,忽然"哎呀"一声说:"你在什么地方又拜过师了呢?很好,很好,这是你的缘分,我不怪你。"柳迟听了这话,如闻晴天霹雳,脸上露出惭愧的样子,重新跪下说:"弟子两年来四处打探清虚观,想去跟师父请安,并求师父传授弟子道术。无奈找寻不着,只好在家,练吐纳功夫。昨日弟子去白鹤洞给姑母拜寿,在黑茅峰遇见一个调鹰的老者,弟子看那老者白发飘萧,年龄不小,那么陡峭的山峰,岂是寻常老人所能上去?并且那两只大鹰,不是有道行的人,也不能调教。因此弟子动了学道之念,便跪下来向老者求道。老者命弟子拜了八百拜,才承诺收弟子为徒弟。但是他不和弟子同走，一转眼就不见了。这就是弟子昨日拜师的实情。"老道又将柳迟拉起，哈哈大笑着说："既是调鹰的老者，更不是外人。我不但不怪你，而且替你高兴，这都是你的缘分好。"

柳迟刚想问师父老者的来历，就看见父亲柳大成从门里走了出来。老道好像认识是柳迟的父亲似的，向柳大成稽首说："贫道和公子有缘，今日路过宝庄，特地前来看望。惊扰了施主，甚是不安。"柳迟连忙对自己父亲说明，老道就是两年前拜的师父。柳大成见是儿子的师父，又见老道风神潇洒，不是寻常道士的模样，忙答礼让进客厅，陪坐着说了会儿话，即起身进去，叫人预备斋饭去了。

柳迟向老道问："师父认识那个调鹰的老者吗？"老道点头笑着说："他是我的前辈。他老人家的外号，江湖上人称金罗汉，姓吕，讳宣良。江湖上没人知道他老人家的年龄籍贯，更没人知道他的来历。你前年在清虚观见到的欧阳净明，今年八十八岁了。十六岁时就拜金罗汉为师学道。他老人家没有一个确切的住处，总是喜欢独来独往。就是那两只鹰，也不知有多大岁数了。金罗汉游遍天下名山，在外野宿的时候，两只鹰轮流守卫，毒蛇、猛兽不敢相近。他可算得我们剑客中的第一奇人！"柳迟听得出了神，听到这里才问："他老人家有多少徒弟呢？"老道摇头说："哪有多少徒弟！除欧阳净明外，就只有一个河南人，姓刘名鸿采。据欧阳净明说，金罗汉很不容易收人做徒弟。你的缘分真是了不得，所以我很替你欢喜。"说话时，柳大成已备好了斋饭，请老道饮食。老道也不谦让，就坐在上面了。柳大成父子陪着老道吃饭。

他们刚刚吃上没一会儿,就看见天井里的一株梧桐树,忽然飘下几片叶子来。老道敛容说:"吕老师来了。"说完,离开座位,拱手而立。柳迟眼尖,看见金罗汉的那两只大鹰立在梧桐枝上,接着便看见吕宣良大踏步进来,笑着对老道说:"我已料定你在这里。"老道赶紧上前行礼。吕宣良把老道挽起说:"对不住,我夺了你的徒弟。"柳迟也跟着上前叩头。老道鞠躬答:"这是小孩子有福,有你老人家玉成他。"柳大成也忙走过来行礼。老道让吕宣良上座,吕宣良也不客气,直接就坐了,然后对老道说:"不是我和你争徒弟,只因我有一桩事,只有这小孩儿才能替我办到。今日趁你在此,所以赶来向你说说。不然,显得我不讲理。"

吕宣良说完,拿出一本旧书来,对柳迟说:"你这两年半的吐纳功夫,足可以抵得上旁人一生的修炼。虽说是你的夙根深厚,然而笑道人的启蒙之功,不能磨灭。你现在虽然拜在我门下,但笑道人的恩德,你终生是不可忘记的。"柳迟到此时,才知道老道叫笑道人。只听吕宣良指着那本旧书继续说:"这是一部《周易》,本来传给你太早了些。但你已有了这样的内功,道念又坚诚可嘉,不妨提早传给你。这部《周易》,你不可轻视,这是我师父的手写本,上面有许多批注,我又精研了几十年,把我几十年的心得也写在了上面。欧阳净明从我二十年,我所以不传他《周易》,是因为他没有过人的天分,怕他白费心思,没多大的益处。河南的刘鸿采,资质悟性不在你之下,但他不像你诚朴。你潜心钻研,自能得到益处。明年八月十五日子时,你到岳麓山顶上云麓宫的大门口坐着,我有用你之处。切记,切记!不可忘了!"说完,把《周易》递给柳迟。

柳迟慌忙跪下,接了《周易》,拜了四拜,说:"弟子谨遵师命,不敢忘记。"吕宣良含笑点头,向笑道人说:"欧阳净明告诉我,说你和甘瘤子争水陆码头,事情怎么样了?"笑道人说:"这回多亏了欧阳师兄给小侄帮忙。杨赞廷是一把辣手,欧阳师兄和他一场恶斗,才把他逼走,否则胜负还未可知!"吕宣良道:"你们较量的所在,不就是在赵家坪吗?在北方平原地带,都很难找到一平如镜的地方,何况是南几省,也不怪平江、浏阳两县的人相争不下。战场是好战场,地方也是好地方。"笑道人说:"地方虽好,却和小侄无关。"吕宣良长叹了一声,站起身来说:"世人所争的,何尝都是和自己有关的事?我还有事,先走了。"遂向柳大成点头作辞。

梧桐树上的两鹰见吕宣良作辞,也都展翅飞了起来,在天井中打了两个盘旋,像是很高兴的样子,望着吕宣良唧唧地叫。吕宣良抬头笑着说:"席上全是斋供,等一会儿给你们肉吃。"柳迟忙说:"弟子家有肉,但不知要生的,要熟的?"吕宣良摇手笑说:"不要。这两只东西的食量太大,吃饱了又懒得很,不能惯它们。它要今日在这里吃饱了,便时常想到这里来。云麓宫的梅花道人就被拖累得不浅。猎户送梅花道人的两条腊鹿腿,被这两只东西偷吃了。"笑道人问:"它们背着你老人家,私去云麓宫偷吃的吗?"吕宣良摇头说:"那倒没有,它们没有这么大的胆量。如果敢背着我私去那里偷盗,那还了得?我早就重办它们了。几次都是我叫它们去云麓宫送信,梅花道人不曾犒劳它们,它们便干出这种没羞耻的事。但是也只能怪梅花道人,头一次不该惯了它们。因我初次到梅花道人那里,梅花道人拿了些熏腊东西给它们吃了,它们就吃甜了嘴。从那回起,凡是经过熏腊店门口,这两只东西便在我肩上唧唧地叫,必得我要些熏腊给它们吃了,才高兴不叫了。如果派它们去云麓宫的差使,直欢喜得乱蹦乱舞起来,谁知它们早存心想去云麓宫讨熏腊吃。"说得柳大成和笑道人都大笑起来。两鹰好像听出吕宣良的话,越发叫得厉害。柳大成连忙跑到厨房里,端了一大盘切好了的腊肉来。吕宣良道谢接了,用手抓了十多片向空中撒去。两鹰迎着肉片,嘴衔爪接,迅速异常,一片也没有掉下来,只片刻工夫,就把一大盘腊肉吃干净了,最后飞到吕宣良肩上。笑道人也告辞,二人飘然去了。

欲知后事如何,请听下回分解。

第三回

深山落陷坑遇奇人

柳迟拿到吕宣良所赐《周易》后，日夜不停地口诵心念。最开始的时候，多数内容都不能理解，看了吕宣良的注释，也是一片茫然。但他坚持熟能生巧的想法，周而复始，不厌其烦地反复领会、揣摩书中的内容。精诚所至，金石为开，况且柳迟本来就是个有慧根的人，时日渐久，领会的渐渐多了起来。几个月之后，凭着自己的心得理解，他已经可以预测三日之内的天气变化，且异常准确。这让他喜不自禁，更坚定了学道的信心。

柳大成夫妇中年才得这一个儿子，家中虽不能说是豪富，但已是小康之家了。他夫妇最希望柳迟能够刻苦读书，将来图个上进之路。谁知柳迟从小就与寻常小孩儿不同，种种举动，以普通人的眼光来看，都是不务正业的表现。但自柳迟从清虚观回家后，接着就有清虚道人来探视，吕宣良来赐《周易》。柳大成才觉得自己儿子不是没出息的，只不过是所学的不同而已。不过他夫妇对于柳迟有两个希望：一个是希望柳迟能飞黄腾达，光耀门庭；一个就是希望从速替柳迟娶个媳妇，他夫妇好早日抱孙子。柳迟结交清虚道人、吕宣良这类怪人，希望他读书的念头，是不用想了。不光耀门庭还可以，不娶妻生子，这是关系柳家香火的，绝不能听柳迟的意见。

这天，柳迟的母亲把柳迟找了过来，问："你知道人生第一件不孝的事，就是没有儿子吗？"柳迟连忙答应知道。柳母笑着点头说："是呀，好孩子。知道就好，你父亲现在要替你讨老婆了。"柳迟道："不行，我老婆得我自己讨。"柳母诧异地说："你这是什么话，自古婚姻大事都是父母之命，媒妁之言。你小小的年纪，知道些什么？如何能由你自己讨？"柳迟道："我自然知道，绝不敢欺骗母亲你老人家。"柳母知道他平日预言气候变化和人事变迁大多灵验，又问："你知道自己讨老婆在什么时间？"柳迟摇头说："早呢。"他母亲说："早点儿好，我和你父亲巴不得你早点儿讨媳妇，我们好早点儿抱孙子。"柳迟道："我是说讨来的时候还早。我推算我媳妇不在这里，需要我自己去找。"柳母发怒了："胡说！那不是要等到我和你父亲死了，你才能讨老婆吗？自从那个老头儿送了你那本书之后，你就终日躲在书房里，失魂落魄似的，现在又说出这样的鬼话。别的事可以由你，这事不能由你胡闹。我和你父亲，就只有你这一个儿子，若按你的性子胡闹，不怕绝了我柳家的香火吗？"柳迟见自己母亲生气，便叹了口气，随后退了出来。

柳迟的姨母嫁给刘家，生了个女儿名细姑，比柳迟小两岁，德言工貌都好。柳迟的母亲早有意把细姑定为自己儿媳，便托人向刘家示意。刘家不置可否，只打发人来迎接柳迟母子到新宁去。柳大成夫妇立刻带着柳迟动身到新宁去。柳迟明知此去的目的，也不敢违背父母的意思，只好勉强跟着来到了新宁。

柳迟到新宁后，发现新宁山水明秀，远胜长沙，心里十分高兴，也不在刘家与姨母、表妹亲近，每天只是在丛山深谷里面游逛，晚上才回去睡觉。柳母再三叮嘱他言语举动要谨慎些，柳迟只是嘴上答应，每天用过早点，仍是独自去山里游玩。

这天，柳迟游到一处丛山之中，独自站在一座山峰之上，正在眺望四周景物之际，忽然看见远处一个山谷当中有一个很大的岩石，岩石口处仿佛有人在走动，只是隔得太远了，看不清楚。柳迟一时好奇，认准了方向，从高处直向那岩石奔去。等跑到距岩石不过一箭之地时，猛觉脚底下一软，来不及上跳，就已全身掉下了陷坑。上面的泥沙石子纷纷落下，把两眼迷得睁不开，柳迟刚要举手揉眼，才发觉手脚都已被绳索捆住了。他又动弹了几下，谁知不动弹还好，一动便觉得捆得更结实了，连身体头颈，都不能动弹了。这时就听见陷坑外面有脚步声和说话的声音，还夹杂着笑声，不过一个字也听不懂。

柳迟眯缝着眼睛朝上看，只见七八个衣服装束和寻常人不同的大汉，围着陷坑站着。有手拿钢叉的，有一手握弓，一手持箭的，相貌都带着几分凶恶，但是都对着坑里狞笑，其中一个人对他说了几句话，从表情上看，似乎是在问柳迟的来历。柳迟说自己是游览的，失脚踏下了陷坑。那几个大汉却好像明白了，把柳迟给拉了上来，放到一边，然后把坑填上，就头也不回地走了。柳迟不由得有些着急，向那几个人背后大声喊叫，可是根本就没有人搭理他。他用尽浑身气力，想挣断绳索，可越用力捆得越紧，皮肉都隐隐生痛。他一看无法挣脱，也就懒得白费气力，听天由命地躺着，静等路过此地的人来解救。

就这样过了两天两夜，直到第三日天要亮的时候，才听见远远地有脚步声响。脚步声越响越近，转眼之间，都响到身边不远了。就听得一个好像十几岁的童子声音说："哎呀，这不是大师兄吗？你这么早上哪里去？"另一个滞涩声音回答："原来是四师弟啊，我有件极要紧的事，要去找一个朋友，所以出来得这么早。四师弟怎的也跑到这儿来呢？难道是师尊让你来的？"那童子答道："是，师兄有什么要紧的事？"那人叹了口气说："既然是师父叫你来，我的事也不瞒你了，不妨说给你听。一来可以使你今天看了我的榜样，不再上我这样的大当；二来我原本也有事想托付你，也要把其中的情况告诉你。你还记得师父第一条戒律是什么吗？"童子仿佛笑着说："这如何会不记得呢？第一条是不许干预国家政治大事。"那人又问："嗯，那第二条呢？"童子答："第二条是不许淫人妻女。大师兄忽然盘问我这些东西干什么？"那人说："哪里是盘问你呢？老实对你说吧，我犯了师门中不许淫人妻女的大戒。"童子失声叫道："大师兄怎的如此糊涂？"

那人说："这种事连我自己也不明白，只能说是冤孽。前几日我惦记你二师兄，看看他被虎爪伤了的左膀医好了没有，就特地骑了马去看他。你二师兄的左膀伤口虽然好了，但是不能使劲，那条胳膊基本上是废了。我在他家看了他那不高兴的样子，我也很难过。我找了个借口出了蓝家，放马奔驰，等到了晚上来到了一个苗人的家，我上前去敲门，就听得里面有女子的声音说：'这时候来敲门的，大多不是好人，咱们别给他开了。'又有一个女子的声音说：'他如果不是有紧急的事，怎么会这时候来敲门？你快去开门吧。'接着，我就看见门开了。我借着灯光看见房中有两个苗族女子，大的有二十来岁，小的有十七八岁。他们两个人都长得美若天仙，行动举止比汉人更加大方。我心里不由得一动，然后努力平复自己的心情。我拱手对她们俩说：'我迷了路，现在没有地方休息。恳求两位慈悲，允许我在这里借宿一晚，天明就走，打扰你们了。'她们笑盈盈地点点头，二人又咬着耳根说了几句话，就把我领到一间房中休息。屋里的姐妹二人拿了酒菜给我去吃，我吃了一些，就感觉欲火大动，那女子趁着机会过来找我，片刻的工夫我就犯了第二条大戒了。我现在没脸见师父，等我死后，你就帮我把尸首收了好了。"一语才毕，柳迟就听见一阵奇快如风的脚声，渐渐地远去了。

柳迟听见那人走得远了，马上朝着童子方向喊："过来救救我！"童子顺着声音，走了过来，用手在柳迟身上按摩揉擦了几下，柳迟身上的绳子就全部断了，并且童子手到之处有一股热气，直透骨髓，说不出来的舒服。他翻身坐了起来，向童子拱手说："感谢阁下救命的大恩，请问阁下尊姓大名？我想和阁下结为兄弟，往后慢慢地报答。"童子也拱手说："我是

柳迟深山遇险

奉师父之命前来救你的。你要感谢我师父。我姓周,名季容。我师父离此地不远,教我请你到他老人家那里去。"柳迟说:"令尊师救了我的性命,我理应前去叩谢。但不知尊师法讳,怎么称呼?"

周季容说:"我师父姓方,讳绍德。二师兄叫作蓝辛石,是苗族里面的读书人,自从拜在我师父门下后,因欢喜显些本领给苗人看,苗人都改口称他为蓝法师。刚才在这里谈话的大师兄叫卢瑞,他犯了色戒,不久便要自杀,托我替他收尸。我大师兄平日恪守戒律,这回虽欠了把持,但师父也不至于十分责罚他,何必要自杀呢?"柳迟说:"要是一句话能救得一人性命,便是不相识的人也应尽力量去救。我蒙令师救了性命,此去叩谢时若能进言,必为你大师兄尽力。"周季容听了,连忙道谢。

此时红日初升,周季容和柳迟向东方走去。才走过了两个山峰,柳迟就听见一种很凶猛怕人的吼声,而且发声的所在并不很远。柳迟问周季容:"这是什么东西叫?"周季容伸手向前面一指说:"看,那山洼里不是吊着一只上钩的老虎吗?那孽畜不小,足有二三百斤呢。我师兄在那儿驯服老虎呢。"柳迟顺着他手指的方向一看,看到对面一个山洼之中,有一根绝大的钓鱼竿,竖在地下,一只水牛般壮的斑斓猛虎,一条后腿被绳索缚住,倒悬在钓竿之上,一个人似乎在驯服那老虎。那虎在半空中乱动乱吼,绳索钓竿都被弹得来回晃动。二人边说边走,不一会儿就走到了钓虎的山洼。

到了山洼里,柳迟只见一个身高七尺多的苗家大汉,大踏步从那山上走过来,浑身透着一股英武之气,神情举止之间处处露着文雅的气息,绝不像一般的苗人。柳迟问:"那就是你师兄蓝辛石吗?"周季容点了点头。说话时,蓝辛石已走了过来,冲柳迟笑着说:"你是金罗汉的徒弟,怎么误落陷坑,就出不来了呢?"柳迟听了,脸上露出惭愧的表情。再看见蓝辛石的神气很怠慢,好像竭力表示出瞧不起人的样子,也不愿意多解释。他们向前走了一会儿,来到一个山坡处,忽然停下不走了。

柳迟看见坡上有一个黑色的圆东西,有七八尺高,上小下大,走到近前一看,原来是一口极大的瓦缸,足有一丈二三尺的口径,八九尺高下,西方开了一个小门,仅容一人进出。里面坐着一个瘦如枯蜡的老头儿,六七十岁年纪,容貌异常清古,衣服也很质朴,不过精神充足,两眼灼灼有光芒,不是寻常老年人所能有的。柳迟一看这老年人必是蓝、周二人的师父方绍德。

周季容走上前去,向师父方绍德复了命。方绍德点点头,然后一挥手,蓝、周二人站在一旁,听候师父的吩咐。柳迟趁着这个时候走了过来,向方绍德叩头说:"蒙老丈解救之恩,特地前来叩谢。"方绍德笑着说:"用不着这么客气。你来这里一趟,很不容易,你帮我给你师父传个话,就说他徒弟刘鸿采实在不像话,让他好好管管。你现在所住的刘家,有五鬼为祸。你此时还没有能力驱除五鬼。我派二徒弟蓝辛石送你回去,顺便驱除五鬼。"柳迟连忙拜谢:"晚辈初到新宁时,就觉得姨父家阴气过重,却苦于没道法,看不出所以然来。不过我姨父是个读书人，对于神鬼的事，恐怕认为荒诞。"方绍德摇手笑着说："你回去时自会知道，不用我多说。"柳迟又说了卢瑞的事情，方绍德叫他不必管，一切都自有定数。柳迟拜辞了方绍德，和蓝辛石一同退出来，奔刘家而来。

欲知后事如何，请听下回分解。

第四回

岳麓山上柳迟悟道

蓝辛石在路上对柳迟说:"你先进去,我在门外等着,等到用我的时候,你就向空中呼唤三声蓝法师,我就会出现。"柳迟嘴上答应着,然而心里仍不免有些怀疑。他暗想:"我离开的这三天中,难道刘家有什么事情发生吗?如果没有特别的事情,如何能使我姨父相信确有五鬼为殃,我又怎么能平白无故地说,请法师前来驱鬼呢?"他一路上踌躇着,不知不觉已快到刘家了。蓝辛石在一棵很大的枣树下站住,然后对他说:"我就在这树上听候你的呼唤。你自己去吧。"柳迟一看这树离刘家还有半里多路,不禁表现出怀疑的表情,他对蓝辛石说:"我姨父家的房屋很大,离此又太远了,恐怕你听不着我呼唤的声音,反倒不方便。不如过了那一座桥,在那边树下等候。"蓝辛石笑着说:"十里之内,我听苍蝇的声音和雷鸣相似。"柳迟这才知道蓝辛石是修天耳通的。

柳迟一个人独自回到刘家,刚进门,就听见里面有哭泣的声音。走进去一看,只见自己的母亲和姨母,两人正对坐着哭泣。柳母看见他回来,一把将柳迟搂住,哭着说:"我的心肝儿子,你还有命回来吗?可怜我和你姨母,已哭了一整天了。"柳迟先把失足掉下陷坑,然后被人营救的事情说了一遍,然后问:"孩儿在家中的时候,经常出门多日不回,你老人家是见惯了的。怎么这回才三日,你老人家和姨母就这样了呢?"柳母擦干了眼泪说:"你哪知道这几天的情况啊,自从你前天出门后,你表妹就说头昏目眩,心里难受。我和你姨母也没太在意,以为是受了些凉,睡睡就好了。谁知才到黄昏,你表妹就胡言乱语,一会儿哭,一会儿笑,一会儿还模仿我们的声音,一会儿还假扮是你,称你姨母为岳母,然后,你表妹就是昏迷不醒,到现在为止,已经整整三天了,而你又一去不回,教我和你姨母怎能不哭?"

　　柳迟听完,急忙安慰:"母亲,姨母,都不用着急,我在苗峒里就知道这里闹鬼,所以特意带了个法师回来,可以驱除妖魔鬼怪。"说完,向空中连呼了三声蓝法师。话音刚落,就看见蓝辛石从门口应声而入,把柳夫人、刘夫人都惊得呆了。柳迟把蓝辛石请到刘小姐的房中。蓝辛石走进房来,刘小姐躺在床上,口中吐出许多白沫,额头上渗出豆大的汗珠儿。刘夫人看了,又伤心地哭了起来。蓝辛石对柳迟说:"那鬼见我来,已经躲藏了。你找人在正厅上设起坛,准备几件应用的东西,我施展法力,将他们收服。"刘夫人问:"法师,把鬼驱走后,我女儿能醒过来吗?"蓝辛石说:"这容易,现在病人口吐白沫,额头出汗,是因为身体亏损过甚。把鬼驱走后,认真调理就能恢复。"蓝辛石要了一杯清水,用指头在水里画了一阵,喝了一口,远远地对床上喷去。刘小姐像被人牵动一般坐了起来,抱住刘夫人痛哭流涕:"我被五个大汉拘禁了,直到现在才逃了出来。"刘夫人、柳夫人也都觉得凄惨,流泪问刘小姐昏迷中的情况,蓝辛石和柳迟退了出来,回到正厅上。

　　柳迟的姨父听到消息后,也从长沙赶回来了,正好看见两人出来,问明了情况后,马上去准备应用的物品。不一会儿,就把蓝辛石需要的物品置办齐全了。蓝辛石又要了一大碗清水,双手捧着,吩咐别人不许说话。他从容移步到神龛前面,背向神龛,盘膝往地下一坐,双手捧水齐眉,两眼合着,嘴唇微微地开合。过了一会儿,站起身来,走到搭的坛上,在当中放下那碗清水,然后从袋中取出一把有连环的师刀来,放在坛上。蓝辛石右手拿起师刀,左手托着那碗清水,用师刀在水中画符一道。画毕,就将师刀竖在水中,就像有人扶着一样,不歪不倒,将清水供放原处,回身让柳迟帮他烧香点烛。蓝辛石提朱笔在黄纸上画了五道符,就烛上烧了,左手捏着诀,右手又取了一条戒尺,口中念念有词。这时就看到檐瓦上的一大摞瓦片对准蓝辛石劈了下来,蓝辛石喝了一口清水,把头迎上去,仰面朝檐上一喷,跟着一戒尺就坛上拍下,只见烛光闪了几下,五团黑影由上而下直落到蓝辛石面前,蓝辛石用瓷罐把黑影装了进去。

　　蓝辛石当下吩咐刘家人把瓷罐埋到地下,越深越好。刘家出去办理去了。柳迟的姨父母感激蓝辛石救了女儿性命,特意盛筵款待。蓝辛石在席上向柳迟的姨父说:"这回你女儿的病,虽经我给治好了,不过现在只是治标,不是治本。"柳迟的姨父问:"治标虽好,但不如治本好,请问怎么才能治本呢?"蓝辛石笑着说:"说起来很奇怪,或者你府上的人听了也不相信。你女儿近来是不是正在商议许配人家？"柳迟的姨父望了柳迟一眼，点头说："我和内人正在商量，还没有决定下来。"蓝辛石点点头："我也知道还只是商量，就因为还在商量才有可救药，若已经说好了，只怕你女儿的病，恐怕就治不了了。我劝你快把这一段婚姻的念头打消，另选人家，这就是治本的方法。"说到这里，他用手指着柳迟说："我曾听得我师父说，他的夙根极深，然夙孽也是极重。这番在府上骚扰的五鬼，便是他的孽障，是绝对躲避不了的。"柳迟的姨父虽不十分相信这些话，只是既听说自己女儿的奇病，是由于许配柳迟发生的，当然就把结亲的念头打消了。

　　蓝辛石在席上不知被主人敬了多少杯酒，喝得有八九成醉意了。天色也已过了二更，刘家挽留蓝辛石休息一夜，第二天再回去。蓝辛石不肯在汉人家歇宿，一定要乘着酒兴，踏月回家，柳迟姨父一家千恩万谢，把他送出门外。柳迟也跟了出来，有些依依不舍地说："我们这次别后，不知要到什么时候，才能再见面。"蓝辛石回身笑着说："这有何难，我们不久便又能见面的。"说完，一路趔趔趄趄地回家去了。

　　八月十四这天，蓝辛石正独自在家研练法术，忽听有人在门外高喊："二师弟在家吗？"蓝辛石一听，就知道是大师兄卢瑞来了，赶紧出门迎接。卢瑞与蓝辛石见面后，就把自己糊里糊涂破了淫戒的情形，又说了一遍，然后叹息："我枉做了师父的大徒弟，这一点儿操守也没有，真是有辱师门，没有颜面偷生人世。你我同门十多年，情同骨肉，我知道你听了我为破戒而自尽的话，心里必然悲伤难过，我要死就死，原可以不必前来见你，无奈有两种缘由，我不得不当面向你说说。第一，因师父定这极严的戒律，是为约束门下弟子专心学道，不为私心杂念干扰，我侍奉师父左右十多年，深知师父垂戒的苦心。若不幸是你和三、四两师弟犯了戒，我也断不敢姑息，使戒律归于无用。我如果悄悄地寻个自尽，不但天下后世，无人知道我派戒律之严，便是我同门的兄弟，也不知道前车之鉴，因此我要说个明白。第二，我既然以死殉戒，那便选择一个好地方，使同道中人容易知道。现在地方已选妥了，在长沙对面的岳麓山。我十五年前八月十五日拜在师父门下，到今年八月十五，整整十五年。所以我自尽的日期，也定了八月十五日子时。身后事都已办妥了，就是我自尽后的孽报之躯，虽已托付四弟替我收拾，但怕他年轻，三师弟又不在跟前，只得麻烦你陪我去岳麓山走一遭。"说完向蓝辛石一拱手："拜托。"他们师兄弟虽是情同手足，然这种违戒的事，非同小可，谁也没力量能使卢瑞不死。蓝辛石除了流泪叹息之外，也不知道和卢瑞说什么好。

这天晚上，卢瑞拜辞了师父方绍德，和蓝辛石、周季容两个师弟一起来到岳麓山上，这时天色已是二更时分。卢瑞跳上云麓宫前面的飞来石，盘膝坐了下来，运用他的内功，不一会儿，他就张口喷出一股烈焰，火焰围绕着他的身体，直烧到皮焦骨烂，那火焰才熄了。蓝辛石、周季容看了卢瑞坐化的景象，都忍不住痛哭。哭过之后，他们拿出皮袋，将烧化的骨灰装好，正准备下山回禀师父。忽然听见有人在黑暗中问："前面不是周季容兄吗？"周季容觉得声音好熟，不过一时悲痛，想不起来是谁。正要回问，那人已经走了过来，对他说："季容兄，我就是承蒙老兄解救的柳迟，因师父命我八月十五日子时，在这云麓宫大门外等候他老人家，才到不久，就看见了令师兄这种难能可贵的举动。如果我等学道的人都能以令师兄为鉴戒，真是可喜可贺的事，何必如此悲伤？我那夜被困的时候，听得令兄这样说，心里就只是疑惑，还怕他没法做到，谁知此刻竟得亲眼看见了。你大师兄真是我等学习的楷模。"柳迟刚说到这里，就听见山上有声音传来："柳迟，你亲眼看见了吗？"

柳迟一听，正是他师父吕宣良的腔调，当即回话："是弟子亲眼看见的，弟子对道又有了新的认识。还请师父指点。"蓝辛石、周季容都吃惊地问他："这是谁？"柳迟还没有回答，吕宣良已在飞来石上站住，笑着说："不是别人，是你师父的老朋友金罗汉吕宣良。蒙你师父的盛情，上次救了小徒，贫道在这里谢过了。至于我那不肖的徒弟，时机成熟的时候，我自然会去收拾他，决不姑息。麻烦你们转告你师父一声。"说话的时候，天已经亮了。蓝辛石、周季容收拾了卢瑞的尸骨，向吕宣良辞过，下山去了。

吕宣良看着二人走远了，才回头对柳迟说："你这一年来的进步很大，你生来就是只有修道的缘分，钱财和你没有缘。你这回为娶妻的事去新宁，你表妹才被鬼缠，你自己才落陷阱。落陷阱之后，你接着就听见卢瑞犯淫戒、谋自尽的话。这都是可以使你醒悟的地方，而你却糊里糊涂地经过了，当时心里并没有思索，直到亲眼看见了犯淫的结果，你心中才有些感觉。你如果没有这回的经历，将来一犯淫戒，便不免堕落，这是修道人最大的关头，所以必须你自己领悟。我约你到这里来，为的就是这事。你现在既然已经明白了，我再传你修炼的诀窍。"当下柳迟就在飞来石下听吕宣良指教修炼的要诀。修道的诀窍只在名师指点，三言两语，一经金罗汉道破，柳迟便豁然贯通。吕宣良传完了诀窍，接着说："方绍德他定的戒律，第一条就是不许干预国家大事。这条就没有道理，只能说这事不应干预，不能说不可以干预。现在就有一桩事，若按照方绍德定的戒律，是不能干预的，而我却不能不管。不过这件事我暂时不能露面，就是清虚门下的弟子，也有许多不方便之处。你很少出外远游，外面认识你的人少，这件事只有派你去最好。事情办完后，你就去赵家坪，我们要和崆峒派去争水陆码头。你先附耳过来，我告诉你先要去办的事情。"柳迟忙凑近身去，吕宣良低声叮嘱了一番，柳迟连连点头。师徒二人就此分别，柳迟领了师父的命令，去做方绍德要求的不许干预的事去了。究竟那事是什么事？

欲知后事如何，请听下回分解。

第五回
万二呆网鱼收义子

看到这里，读者可能会心生疑惑，笑道人、吕宣良口中提到的争水陆码头，到底是桩什么事？现在就说说这水陆码头的事情。

却说平江、浏阳两县交界的地方，有一块四十多里的大平原，地名叫赵家坪。这个赵家坪，在平、浏两县的县志上都记载了。平江人说是属平江县的，浏阳人说是属浏阳县的，几百年来争论不清。赵家坪在靠山种地吃饭人的手里用处极大。每年春、夏两季，坪中青草长起来，就是一处天然的畜牧场；秋、冬两季，还可以晒农产品，堆放柴草，作为物资存放之地。两县邻近这坪的农民都少不了这坪。不过，这坪没有一个确定的界限，两县的人都各不让步，又都想独自占有，不肯把它平均分开，于是每年不是因畜牧，便是因晒农产品，都得大斗一场。每次争斗，两方都和行军打仗一般。每边都在赵家坪内聚集男女老少一千多人。年轻的在前，老弱的在后，妇人、小孩儿便担任后方勤务。两方所使用的武器，扁担、铁锄为主，木棍、竹竿临时取来接济的也不少。每大斗一次，死伤无数，打得一方没有继续抵抗能力才罢手。两方也不议和，也不告官。打死了的，自家人抬去掩埋，只怨死的人命短，不与争斗相干。受了伤的，更是自认晦气，自去医治，没有旁的话说。打输的一方，这一年就放弃赵家坪的主权，任由打赢的一方随意处理赵家坪，不闻不问。第二年又开始争斗起来。在这坪里，也不知争斗过多少次，死伤过多少人。

那时做官的人，都是民不举、官不究的心理，只要打输了的不告，即使死了成千上万的人，两县知县也不愿意过问。所以平、浏两县的人，年年都争赵家坪，年年都打赵家坪，年年都无法解决问题。赵家坪本来是块陆地，并不靠水。然争赵家坪的人，都不说是争赵家坪，而称为争水陆码头。这种称呼，也有一个原因在内。清朝初年宝庆人和浏阳人争长沙小西门外的水陆码头，两边都选了会拳棍的好手，在南门外金盘岭，刀枪相对地争杀起来。两边最开始有二百多人，三天斗下来，死的死，伤的伤，一边都只剩一个人了。浏阳的首领姓戴名汉屏，宝庆的首领姓常名葆元，两人功力相当，起初都用单刀相杀，不分胜负，后来换兵器，还是不分胜负。三天之内，所有的兵器都换了一遍，仍然没有分出胜负。两人不甘心，又斗了一会儿拳脚，最后看同伴都非死即伤，两个人议和，最后结为生死兄弟。从这次大争斗以后，凡是两个团体争什么东西，无论是田地，是房屋，或是坟墓，都顺口叫争水陆码头。这争水陆码头几个字，成了两方相争的代名词。

离赵家坪五里的地方有一条小河，每年春季涨水时候，也不过两丈来宽，七八尺深。若在秋、冬两季仅有二尺来深的水，只将裤脚捋起，便可在水中走过河去。如果用船载粮食过河的话,要连下几天大雨,发水后才可以。平时这条河里是没有船走的。唯有靠河岸居住的一些农人,每家都有一两只小划子。他们在农闲的时候,便将小划子推到河里,就在河里网鱼。这网鱼的生计算是这条小河附近农民的副业,每年也有不少的收入。

在平江农民中间,有一家姓万的,夫妇两人年过五十,没有儿女。这个姓万的男人极敦厚,又排行第二,地方上都叫他万二呆子。一年正月十三,万二呆子向他老婆说:"马上就要到元宵节了,咱们今日网一天鱼,明天卖给人家,然后好过节。"他老婆自然说好。夫妻二人来到河里,正要网鱼,忽然看见水面上浮着一个小孩儿。万二呆子夫妇赶紧把小孩儿捞起。夫妻两个一看小孩儿雪白肥胖,不过一周岁的光景,身上穿的衣服很厚,所以掉在水中一时不容易沉底。万二呆子夫妻急忙抢救,不一会儿,孩子竟活了过来。两口子手舞足蹈,跪在船上叩谢上天赐给他们一个男孩。万二呆子急忙掉转船头,回到家中。左邻右舍的人知道后,都来贺喜,这样一来,万二呆子夫妇的嘴笑得更加合不上了。夫妇二人替孩子取了个名字,叫作义拾儿。

夫妇二人把义拾儿养到十岁,发现孩子的天分很高,全不像一般农人家的小孩子,夫妻二人一商量,就把他送进蒙童馆(教儿童识字的地方)里读书。义拾儿一见书本,便和见了亲人一般,欢喜得很,只需先生教一遍,他就能读得上口。蒙童馆先生教书,照例不讲解,蒙童也只是跟着先生念唱,义拾儿不但跟着念唱,而且常用他的小手,指点着书中的句子,要先生讲解。先生被逼得讲解不出，便气愤地对义拾儿说："教蒙童馆照例都不讲解。要讲解，得加一倍的学钱，你家里能加送，我就给你讲解。"义拾儿回家向万二呆子说了先生的话。万二呆子辛苦积攒的钱，如何舍得多送？不管义拾儿怎么说，他就是不肯给这笔额外的费用。义拾儿见父亲不肯，也没再说什么，第二天仍照常到蒙童馆上学去了。万二呆子夫妇等了一天都没看见义拾儿回来，心中十分诧异，去蒙童馆一问，才知道义拾儿根本没有来读书。万二呆子当时仿佛巨雷轰顶，失魂落魄地回到家中，把事情和老婆说了。夫妻两个哭了整整一夜，第二天天一亮，夫妻即分头四处寻找，又托了几个邻人，四处打听。一连找了几天，都毫无踪迹，夫妻俩大病一场，邻居纷纷过来劝他夫妇二人。

　　回头说义拾儿。那天他提了饭篮、书包，去蒙童馆读书。他因为万二呆子不肯答应加送学钱，心中闷闷不乐，低着头，没精打采地往前走。走了好一会儿，才发现走错了路。他恐怕迟到被先生责骂偷懒，便慌忙往回走。方转过山嘴，就看见一头硕大无朋的牸牛，迎面冲了过来，他来不及避让，让牸牛用角一挑，给挑得滚下一个山涧中去了。义拾儿当时就跌得昏死过去了，也不知过了多长时间，才渐渐地有了知觉。他睁眼一看，看见一间很精雅的房子，自己躺在一张软榻上。他想坐起来，刚一动弹，浑身上下都痛得厉害，口中不觉叫出了声，随即听到有人说："不要乱动。"义拾儿心里吃了一惊，怕痛不敢再抬头去看。那人走了过来，原来是个花白胡须的道人，口里喊着"义拾儿"三字，说："我熬好了些小米粥在这里，你吃点儿再睡。你伤势太重，需要十天半月才能好，你已在此睡了三日三夜，知道吗？"说完哈哈大笑，然后端了一碗稀粥进来，一口一口地喂给义拾儿吃了。一连半个月，每日敷药喂粥，全是那道人照顾。

半月以后，义拾儿伤口才完全治好。义拾儿向道人拜谢，并问："这是什么地方？你老人家怎知道小子叫义拾儿呢？"那道人笑着说："这里是万载县鸡冠山清虚观。我叫清虚道人，同道中人都呼我为笑道人。你被牯牛挑下那条山涧时，我正在那里找草药，见你被挑落，就把你带到这里来了。我看见有一个书包，里面几本书上，都写了'义拾儿'三个字，料想就是你的名字。你怎的取这个名字？是教书先生替你取的吗？"义拾儿就把万二呆子十年前正月十三日把他在河里拾着的事情说了一遍。笑道人说："你本姓杨，你的父亲现在在广西，有机会你会见到的。"义拾儿问："那我亲生父母在哪里？"笑道人说："你父母在广西，不过你现在年纪还小，等你大点儿时，我就让你自己单独去找他们。我很喜欢你的资质，想收你做个徒弟，传你道术。像你这般天分，加以猛进之功，三五年就可横行天下。你愿意跟我学不？"义拾儿听了笑道人的话，即刻站起身来，跪在地下，恭恭敬敬地向着笑道人叩了四个头。笑道人弯腰将义拾儿扶起，说："你这义拾儿的名字，是你义父给你取的乳名，听了不雅。你本姓杨，我给你一个名字，叫杨天池。你就住在这清虚观，朝夕用功修炼。我不带你外出，你自己不许外出。"杨天池连声答应。从此，杨天池便在清虚观跟着笑道人修炼剑术。

清虚观终年不见人迹，不闻鸡犬之声，正是修炼的好地方。起初，笑道人不许杨天池独自外出。两年过后，才允许杨天池出来，在鸡冠山上追逐飞禽走兽，辅助外功。三年后，便教他去各省的深山大泽中，寻觅草药。这采药一门，是修道的一种方法，目的并不是给人治病，原是用以辅佐自己内外功的一种工具。剑术不过是修道的人在深山穷谷之中是用来自卫的，因为到各处寻觅药草，不免要和毒蛇猛兽相遇，所以剑术也是不可少的。杨天池练了五年的剑术，剑术大有长进。杨天池向笑道人说："弟子从师五年之久，虽朝夕专心修炼，然每想到亲生父母，心中总是难过。现在弟子剑术已经小成，可以独来独往了，求师父允许弟子去广西，寻找父母。等到父母终了天年，再来侍奉师父。"笑道人欣然答应了。杨天池一人在广西整整探访了四年，也没找到他父母的住处，只得回到清虚观。笑道人在这四年之中，又收了许多徒弟，论次序，以杨天池居长，所以杨天池做了笑道人的大徒弟。

　　这天，杨天池有事打赵家坪经过，远远地就听见喊杀之声，和打仗一般。杨天池心想：记得小时候在义父家中，曾屡次听得说平江、浏阳两县的人，因争什么水陆码头，在赵家坪聚众打架，每年不是春季，便是秋季，总得大打一次。此时正是二月，这喊杀之声，一定又是平、浏两县的人，在这里争水陆码头了。我离开我义父家已经十年了，还不曾到义父家探视过一次，义父母养育我的大恩，我不能不报。他们争水陆码头的旧例，只要是能走得动的，不论老少男女，都得出去打。不愿出去的，要交一串钱。我现在练成了这一身本领，恰好又到了这里,何不助义父母一臂之力,报答二人的养育之恩?

　　杨天池想到这里,来到平江人这方面。他一看,每一方都有一千多人,都是一字儿排开。近的拳棍相交,远的用藤条缠着鹅卵石子,向对面打去,如下雨一般,老弱妇孺在后面呐喊助威。双方激战正酣,还没分出胜负。杨天池估计义父母必在老弱队中,遂向老弱队中寻找。杨天池寻找了好一会儿,认出了自己的义父来。杨天池走过去,双膝跪下,叫了一声义父。万二呆子擦了擦老眼,认出了杨天池,立时欢喜得眼泪直流,用颤巍巍的手抱住杨天池,一句话也说不出来。旁边的人都替万二呆子欢喜。杨天池问:"义母现在何处?孩儿想见她老人家。"万二呆子看杨天池一身书生装束,生得容仪俊伟,气度雍容,正如鹤立鸡群,不由得心里更加喜悦,见他问义母,忙答:"你义母她病了好多日子了。自从不见了你之后,心里着急,身体越来越不好,现在已经病得不能下床了。等我告了假,带你回家去。"万二呆子正要去告假,猛然看见前面平江人纷纷败退下来。后面的老弱妇孺也大呼小叫,各自逃命。万二呆子扯了杨天池说:"快跑!我们这边打输了!浏阳蛮子就要追下来,落在他们手里,就活不成了。"说话时,平江人已经跑了大半,约有五六百浏阳人追了下来,平江人只能后退,已没有反抗的能力。杨天池向他义父说:"义父,孩儿可杀败浏阳人。你老人家在此等候,孩儿去去就来。"万二呆子听了大惊,正要喊他,杨天池已经跃出去了十多丈。

　　欲知后事如何,请听下回分解。

第六回

常德庆救治陆凤阳

杨天池来到双方中间,刚想施展练成的飞剑,忽然心里一动,这些上阵的浏阳人都是血肉之躯,如果放出飞剑,那他们就无一幸免,未免有伤上天好生之德,不如用梅花针,把他们戳伤,让他们不能追赶,也就罢了。想到这里,杨天池从腰间百宝囊里,掏出一大把梅花针来,朝着追赶的浏阳人撒去。只听得数百人同时叫了一声"哎呀",都疼痛得停了下来,无法追赶,哀号声此起彼伏。逃跑的平江人一看浏阳人纷纷倒地,大家转过身来,向浏阳人杀去,当时就有十几个人被杀了。杨天池一看,不好!如果这样,不是和用剑术杀他们一样吗?杨天池看见一面红旗底下,有一个人在那里擂鼓催进。鼓声越急,反攻的人越奋勇。一个人双手举着红旗,一起一伏地摇动。离红旗十来丈远,一个人拿着一面大锣,一个举绿旗的人立在一旁不动。说时迟,那时快,杨天池把两脚一垫,已经到了绿旗之下,随手抢起锣来,敲得那锣震天响。反攻的人一闻锣声,同时止了脚步。杨天池大声喊道:"穷寇勿追,这回就饶了他们的性命吧。"平江人听到杨天池的喊声,一个个都回头来看,却没一个认识他。

杨天池飞针救平江人

平江队里为首的人叫罗传贤,他先是看见自己的队伍败退下来,正无法阻止,突然见一个书生打扮的少年来到阵前,左臂一扬,无数火星似的东西撒开来,向浏阳人身上射去。浏阳人一遇那些火星,一个个都受了重伤,罗传贤刚要招呼自己人杀回去,又见那少年抢着锣打,高声喊了几句话,罗传贤忙跑过来问:"阁下是哪里来的?为何不乘胜追杀,反敲锣停止进攻?"杨天池拱手答道:"敌人已死伤不少,上天有好生之德,得饶人处且饶人。我就是十年前的义拾儿,今日路过此地,特来相助我义父一臂之力,并非和浏阳人有仇。我就此告别了。"杨天池一回头,看见自己义父就站在后面。他搀扶着万二呆子回到万家,他的义母见了他泪流满面。几人自有一番言语,不必细表。

再说浏阳这边。浏阳队中的首领叫陆凤阳,是浏阳一县中财力最雄厚的农人。此人虽没有读过书,但为人却精明干练。陆凤阳正领着大家争先追杀,不料中了杨天池一梅花针,肩上又挨了一铁锄头,陆凤阳的下人忙着把他抬回家。刚抬到市镇上,就见一个跛脚叫花低着头,迎面一偏一点地走了过来,抬陆凤阳的人来不及避让,撞了跛脚叫花一下。叫花骂道:"你们瞎了眼了!怎么胡冲乱撞?"家人一看是个叫花,就吐了口唾沫,嘴里骂道:"快点儿闪开,没长眼睛吗?你没看见我们抬的是谁吗?"那叫花被骂后,反而笑着晃了晃脑袋说:"我就是个不长眼的,不知道是谁,我倒要看看你们抬的可是一个三头六臂的人物?"陆凤阳看到这种情况,忍着肩上的痛,抬头去看叫花,只见这个跛脚叫花身材矮小,是一个未成年的小孩儿，一头乱发披在肩背上，皮肤漆黑，通身只怕没有四两肉，胸膛四肢都显露在外。再看脸上，两个鼻孔朝天，涂了墨一般的嘴唇上下翻开，俨然一个喇叭，两只圆而小的眼睛，却是一开一阖的，目光如炬。现在正是二月间天气，北风刺骨，富贵人穿裘还嫌不暖，这叫花仅披着一片单衣，却全然没有一些缩瑟的样子。陆凤阳一看他这身打扮，就感觉他不是一般人，赔着笑脸说："他们是粗野的人，不留神撞伤了你，我现在身上有重伤，不能下来给你赔罪，请你恕罪。"那叫花一看陆凤阳赔不是，笑着说："这倒像句人话。好，我给你个面子。"说完，提起那跛脚，又一偏一点地往前走。

陆凤阳的家人心里怪主人太软弱，无端向一个乞丐低声下气，嘴里虽然不敢说，可心里实在气不过。他们把陆凤阳抬到家中，找了几个人，各带一条扁担追了出来，想毒打那叫花一顿。他们追出了市镇，就看见那叫花缓缓地在前面走。他们追上前去，其中一个人二话不说，没头没脑地就给了叫花一扁担，正打在那叫花的后脑上。只听得"啪"的一声，扁担反弹了回来，震得那人虎口出血。跛脚叫花问："你为什么打我？"众人也不回答，用扁担冲叫花身上招呼，结果使的力气越大，受的伤害也越大。那叫花大笑起来："原来你们只有打单身叫花的本领，怎么和平江人打起来，就那么不济呢？你们打够没？我都记着数目呢，回头找你们东家算账！"这一来，这几个人惊得目瞪口呆，几个胆小的掉转身，撒腿就跑。一行人才跑进大门，就听得那叫花在背后喊："我送上门来给你们打，你们不打够，我是不走了。"大家回头一看，更惊得不得了：谁也想不到他一个跛脚的，会追得这么快。众人料想他的大嗓门，必然会惊动东家，跑是跑不了了，躲也无处躲，只有向他求饶。陆凤阳正躺在床上休养，听到外面吵闹的声音，忙让儿子陆小青出去看看情况。

陆小青虽然才十二岁，却是聪明绝顶，言谈举止，成人也不如他。陆凤阳在他五岁的时候给他请了个秀才，没想到只是两年的时间，便读完了五经。远近的人，都称陆小青为神童。

陆小青来到厅堂上，见一个跛脚叫花坐在大门里面大声骂人。他走上前问："你是讨吃的吗？却为何坐在这里骂人呢？"那叫花一见陆小青，马上露出笑容："只许你家的人打我，不许我骂你家的人吗？"陆小青问："我家有谁打了你？只怕是你认错了人吧？我的父亲被人打伤了，还没有请医生来治，如何会有人来打你？"那叫花哈哈大笑："原来你父亲被旁人打伤了，却叫长工追赶着打我，这也算是报复之道。好在我没被你家长工打伤。你不相信，问问他们是不是打了我？"陆小青把两个家人叫了出来，家人知道隐瞒不住，只得把情况如实说了。

陆小青是个头脑很灵活的小孩儿，一听家人的话，就暗自寻思："这一个小小身材的叫花，身上又没穿衣服，被八个汉子殴打，却一点儿事情也没有。我父亲这回和平江人因争水陆码头打架，若是有这叫花同去，平江人就不会打伤我父亲！我何不把这事情告诉我父亲？"想到这里，陆小青转身回来见了陆凤阳,把外边的情形说了一遍。陆凤阳全然忘了伤痛,一下子就下了床,招呼陆小青说:"快扶我出去见他,说不定替我报仇雪恨的希望,就在这个叫花子身上呢。"陆小青扶着陆凤阳来到外面,陆凤阳向那叫花一躬身:"我等山野之夫,真是有眼不识泰山。家人无礼,更是罪该万死,望海量包涵。这里不是谈话之所,请去里面就座。"那叫花也不客气,跟着陆凤阳父子来到客厅,坐了下来。陆凤阳说:"我本是一个俗人,生长在这乡里,没多少见识。然而一见你老兄的面,就断定你不是寻常人。家人背着我,这般无法无天,我一定会好好收拾他们的。我在这里向老兄赔罪,如蒙不弃,在寒舍多盘桓几日。"那叫花微微地点了点头,笑着说:"不愧是浏阳人的首领,果然精明干练。但不知你是怎么受伤的?"陆凤阳哀声说:"我至今还没明白是怎么回事。这回我浏阳人死伤恐怕有一大半,真是可怜可恨。往年的陈例,每年只决一次胜负,但是这回我浏阳人吃的亏实在太大,我宁肯拼着一死,这仇也不能等到明年再报。我看老兄是英雄,千万帮我雪恨,我们一定会重重感激你的。哎呀,我都忘记问了,老兄尊姓大名,能否告诉在下?"

那叫花低着头,似乎没听见他的话,思索了好一会儿,才抬头说:"你们追赶的时候,发生了什么事情?你们真是被平江人打倒的吗?"陆凤阳说:"开始平江人敌不住我们了,都没命地转身飞跑。我追赶了半里路,忽然觉得我右腿好像被人拿一支很锋利的锥子锥了一下,当时就腿一软,倒在地下了。可是我回家后,捋出右腿来看,又不见有伤痕。我也很疑惑,就算我两腿转筋,可几百人怎么会一齐倒下呢?"叫花一听,把他右腿捋出来一看,脸上露出很吃惊的神色。叫花仔细端详了几眼,然后摸出一颗棋子大的黑东西,把那颗黑东西放在陆凤阳的腿上,不一会儿就吸出半段绝细的绣花针,针上还有血。陆凤阳不禁惊异地问:"这不是一根断了的绣花针吗?怎么会跑到我大腿里面去了呢?"叫花叹了一口气:"这不是普通的绣花针,是修道人用的梅花针。我本来不应该多管这些事,但使用这针的人既然修道,何必帮着平江人争水陆码头,还下这种毒手?于情于理未免太说不过去,这件事情要是不让我看见,我就不过问;现在既然看在眼里,听在耳里,记在心里,不能不管。不然天下英雄也要笑我,不能存天地间正气。我姓常,名德庆,江西抚州人,只因平生爱打抱不平,十七岁替人报仇,杀了一家数口人,逃亡在外,不能回家。流落江湖二十年,本性仍不能改。曾遇人传授我治伤的良方,不管跌伤打伤,即使是手足断了,只要在三日之内,我都有药医治。今日也是你我有缘。"

常德庆说完,又掏出一个小红漆葫芦来,倒出来些药粉,用水调了,敷在陆凤阳肩上。然后将葫芦中药粉尽数倒出,用纸包了,交给陆凤阳说:"凡是被梅花针打伤的人,只需把这药略敷上点儿,用不了多久就会好的。你拿去给他们用吧,我还有事,就不在此耽搁了,后会有期。"陆凤阳心里正高兴自己这边来了一位高人,正想和常德庆商量复仇之计,一听常德庆说有事要走,他双手抓住常德庆的手腕说:"我们这边的仇,只有老兄你才能帮我们报,我如果不能报这回的仇,死在九泉之下的众兄弟也不能饶恕我。你老兄如果不帮我，我这仇就是到死也报不了。"常德庆点点头："你的事情不用多说，我全都知道了。报仇也不能就坐在家里，我要出去找他们。"陆凤阳说："我真是糊涂了。但我仍要问一句：老兄何时再来？万一有紧急的事，教我去哪里寻找老兄？"常德庆一面往前走，一面回答："你不用担心，你有紧急的事，我自然会来。即使告诉你住的地方，你也是找不到我的。"陆凤阳听到这里，就没有再说，把他送出了门外，望着他一偏一点地走得远了，才回身进屋。

　　陆凤阳叫家人把常德庆给的药送给被梅花针扎伤的人，很快众人的伤就都好了。过了两天，他又把大家召集起来，把事情的前因后果说了一遍，浏阳人无不愤慨，发誓要和平江人一争高下。陆凤阳又把常德庆的本领吹嘘了一番，浏阳人欢欣鼓舞，士气大振。

　　欲知后事如何，请听下回分解。

第七回

 常杨相会引发宿怨

常德庆别了陆凤阳之后,心中十分高兴,心想:昆仑练气派人的把柄,今天是让我给拿着了。你们常常自夸侠义,扶危济困,不侵害良善,却用梅花针伤了这么多农民。平、浏两县人争水陆码头,与你们有何关系?这些农民又岂是你们的对手?无辜农民死伤几百,问心能安?道理如何说得过去?我要把这个人查出来,再由师父甘瘤子出头,邀请江湖上豪杰评评这个理。常德庆来到平江县一打听,人们都夸义拾儿杨天池,本来已是输得不可救药了,亏得这义拾儿来找万二呆子,不知他使的什么神通,只见他两手一扬,那些浏阳人就纷纷倒地。听说罗队长已亲到万二呆子家,看这义拾儿去了。

常德庆打听完后,刚想去万二呆子家了解下义拾儿,就看见对面来了一群人,中间一个体格魁梧的汉子,年纪约在五十开外,右手挽着一个丰采俊秀的少年,边走边说笑,露出很得意的神气。后面跟着一个六十多岁的老头儿,也是农民模样,相貌慈祥和蔼,他笑容满面地和最后几个农民说话。常德庆料定那五十多岁的汉子就是罗队长,美少年就是使用

梅花针的人,这老头儿不用说,一定是万二呆子了。常德庆心想:我听师父说,吕宣良平生只有两个徒弟,年纪都有六七十岁了,吕宣良也并不许他的徒弟再收徒弟,这小子绝不是他这一派的弟子。我何不趁此机会去试试这小子的本领?想到这里,他也来到了庄门口,就看见义拾儿在前,罗队长在后迎了出来。

义拾儿朝常德庆拱手:"小弟虽是肉眼,却能认出老哥是个非常人物,请不必再以假面目见人了。小弟今日想借花献佛,邀老哥进里面痛饮三杯。"常德庆见义拾儿这般举动,心中大吃一惊。他正要装糊涂,不想暴露自己的身份,罗队长也走过来说:"我本是一个凡夫俗子,不识英雄。刚才听杨公子的点拨,才知道您是高人。倘若不嫌寒舍简陋,请进去饮几杯薄酒,咱们随便聊聊。"常德庆知道隐瞒不住,不进去倒显得自己胆怯怕事,也拱了拱手说:"知道两位在赵家坪替平江人立了大功,把浏阳的百姓杀了个尸横遍野,血流成河。浏阳那些该死的小百姓不知好歹,活该倒霉。我今天特地前来贺喜,也正想讨一杯喜酒喝喝。"说完,进了庄门。杨、罗二人和常德庆进了客厅,客厅上已摆好了两桌酒席。罗传贤推常德庆首座。常德庆指着杨天池哈哈笑着说:"他才是应当首座的。我有何德何能,敢当这般敬意?刚才听老兄称呼他杨公子,还没请教台甫是怎么称呼?"杨天池听了常德庆这种轻慢的话音和傲慢的态度,心里也猜不透常德庆的来意。他虽然知道常德庆是一个有本领的人,但却想不到是和昆仑练气派有宿怨,特来寻仇的。只因杨天池在清虚观年数虽不算少，但从不曾听自己师父说过与崆峒派有嫌怨的话。并且崆峒派的董禄堂败于吕宣良之手，在崆峒派人以为是莫大耻辱，而在昆仑派人眼中，这并不算一回事。吕宣良救桂武夫妇出来，鹰翅拂伤了甘二娭馳，甘瘤子更以为是有意来欺侮崆峒派人，但昆仑派人也没人将这事放在心上。所以杨天池想不到常德庆是存心来和自己作对的。既然没想到这一层，杨天池便以为常德庆的轻慢疏狂是本性使然，并且江湖上有本领的人，性情古怪的很多，不足为奇。他还是很客气地直说了自己的姓名和助阵的缘由，并表明自己没有杀人的心思，才用梅花针。原打算让浏阳人略略受点儿轻微的伤，不料自己这边的人得胜就反攻起来，一点儿也不肯放手，等到自己去抢锣来打，已是死伤的不少了，自己也深感内疚。

常德庆听了，又仰天大笑说："这只能怪浏阳人太不中用。杨公子一时高兴，和他们开个小玩笑，他们就受不了了。而且死伤的数百人，至今还没一个知道是受了公子爷的恩惠。"杨天池一听常德庆这样说，心里马上明白，原来他是想替浏阳人打抱不平的，脸上当时就有点儿下不来，他问常德庆："你是从哪里来的？这么不识抬举。我就是杀死几百人，与你何干？轮得到你来教训我？你要想替浏阳人打抱不平，有什么本领尽管使出来。你公子爷要是怕了你，也不算好汉。"常德庆一听，并没有生气，仍是笑嘻嘻地说："了不得，好大的口气。公子爷要是想杀人，不要说几百个，就是几千几万，也只怪那些人命短。公子爷又不曾杀我，自然与我无干。我是一个当乞丐的人，怎敢说替浏阳人打抱不平，在公子爷面前使本领。公子爷莫怪。"罗传贤发现这个乞丐有意欺侮杨天池,专说挖苦讥嘲的话,此时见杨天池发怒,也正色向常德庆说:"大家都是初会,如果客客气气的,也算是朋友结交一场。"常德庆不等罗传贤说下去,马上双手抱拳说:"领教,领教,改日再见。"说完一转眼,便不见身影了。

罗传贤吃了一惊,忙回头问杨天池:"怎么回事?"只见杨天池横眉怒目地向堂下大喝一声:"休得无礼,且睁眼看清楚我杨某是何等人,再来捣鬼。我和你远日无冤,近日无仇,你若真要替浏阳人打抱不平,要光明正大地同上赵家坪去,我们在那里好好斗一斗。"杨天池喊完后,就听见常德庆的声音回应:"好,我也明人不做暗事,我会邀集江湖豪杰,约期和你说话。我姓常,名德庆。"看到这个景象,罗传贤惊得目瞪口呆,半天才缓过神来,问杨天池:"这个叫花是不是鬼怪啊?怎么一转眼就不见他的影子,却又能听见他的声音呢?"杨天池说:"不是。他想用隐身法瞒过我的眼睛,出其不意,用飞剑杀我。既被我识破,只得走了。我这回本来要在我义父家里多逗留几日,刚才这常德庆说要邀集江湖上豪杰向我说话,这事来得太稀奇,我不能不做准备。我此刻不能在此耽搁了。"万二呆子听了义拾儿说要走,心里舍不得。杨天池只得用言语安慰了一番,别了罗传贤,送万二呆子回家,急匆匆回到清虚观,禀明了师父笑道人。

常德庆回来见到师父甘瘤子,把路上遇到的事情说了一遍,甘瘤子马上让他去通知崆峒派的其他人,还有找一些帮手,准备和昆仑派一决高下。那这两派到底有什么解不开的宿怨呢？甘瘤子是两湖的大剑侠，他师父杨赞化，是崆峒派中有名的人物。他师兄禄山西董禄堂是崆峒派的名宿，横行大江南北六十年，没逢过对手。他早就知道金罗汉吕宣良的名字，一心想和他较量一下道法。他探访了半年，走遍了两湖两粤四省，才在喻洞欧阳净明家中和金罗汉相遇。两个人谈了一夜的道，董禄堂见金罗汉所谈的没有一句惊人的话，就有些瞧不起金罗汉，觉得他没什么，提出要和金罗汉比试一下道法。金罗汉不愿意比试，董禄堂更是怀疑金罗汉胆怯，接二连三地催促金罗汉和他比试。金罗汉只是笑着摇头，不愿意出手。董禄堂就用话不断讥讽他。欧阳净明当时的本领已经是享誉中原，听了董禄堂讥讽师父的话，忍耐不住，提出要代表师父和董禄堂较量一番。金罗汉连忙止住他，对董禄堂笑着说："老弟跋涉数千里找我，就是要和我见个高低。我要是不和老弟比，就辜负了老弟一片盛情。但是我若真和老弟动起手来，天下的英雄必然要笑我欺负后辈。这事实在让我处于两难的境地。依我看，咱们还是以不动手为好，这样不会伤和气。"董禄堂当时已经八十六了，如何肯服金罗汉叫他老弟，称他为后辈呢？他当时就怒不可遏，两颗金丸脱手飞出，即发出两团盘篮一般大小的金光，一上一下的，如流星一般，直向金罗汉刺去。

金罗汉被包围在金光里面，神色自若，从容笑向董禄堂说："老弟活到这般岁数，功名来得不容易，犯不着和我这样与世无争的老头子较量。我经过了多年的历练，现在火性全无，无论老弟对我如何举动，我都不放在心上。只是我这两个小徒，野性未除，若是恼怒发了脾气，或者有对不起老弟的时候，老弟又何苦自寻烦恼？"董禄堂听了这些话，心想金罗汉就只这一个徒弟立在旁边，估计也没有什么了不起的道术，根本不值得一提。想到这里，他也不答话，将两手的食指对着两颗金丸绕了几绕，两颗金丸便疾如闪电般地对准金罗汉的咽喉、胸脯直射过去。金罗汉坐在那里微微一笑，金丸近他身后好像被什么东西挡住了一样，又退了回来。董禄堂手上加劲，一连好几次，都没能射进去。董禄堂知道自己不是金罗汉的对手，正想收回金丸。只听金罗汉大喝一声，肩头上的两只大鹰同时并起，好似离弦之箭，直奔金丸。一只鹰用两爪抓住两颗金丸，另外一只鹰直奔董禄堂，不容他有招架的工夫，已将董禄堂的左眼啄瞎。金罗汉大喝一声："住手！"那鹰仿佛通人性似的，马上就不再啄了，衔了董禄堂的那只眼珠，飞了回来。

　　董禄堂血流满面，转身就要逃走。金罗汉说："老弟丢了双剑，可以再练。但丢了这只眼珠，是无法弥补的，我替老弟治好吧。"董禄堂惭愧万分，恨不得找个地缝钻进去，不过金罗汉要替他治眼，他也只能厚着脸皮，在欧阳净明家中住了两天。那只眼睛不知用什么方法，让金罗汉给治好了，就像从来没有受伤一样。董禄堂回来后，把事情告诉了甘瘤子。甘瘤子深以为耻，心中暗暗发誓一定要报仇。

　　有一天，他师叔四海龙王杨赞廷顺路来看他，甘瘤子就把金罗汉吕宣良如何欺负崆峒派人，添枝带叶地告诉了杨赞廷，有意激怒杨赞廷。杨赞廷听完后非常气愤，向甘瘤子说：

"吕宣良的昆仑派现在专门和我们崆峒派人作对,一定要报复他们。不过,我们也不一定直接报复吕宣良,只要是他们昆仑练气派的人,不问男女老幼,遇到一个收拾一个,这也算是报复了。吕宣良那个老鬼实在难缠,并且还有两只神鹰,从来就没听说有人在他身上得到过便宜。况且他又没有固定的住处,想找他极为不容易。他的徒弟虽然少,党羽却很多,我们把他的党羽多报复几个,他知道后,气也得气个半死。"甘瘤子说:"小侄也是这么想的。他们的党羽太多,我们人少,恐怕敌不过他们,如果硬来的话,反倒会弄巧成拙。不过老叔也是居无定所,临时想求老叔相助,也是没处找的。"杨赞廷说:"你有为难的时候,我自然会来给你助场。"甘瘤子知道杨赞廷的本领在崆峒派中无人能及,即使远隔数千里,也能朝发夕至,并且他精通《周易》,千里以外的吉凶祸福,尽在掌握之中。杨赞廷去后,甘瘤子广约人手,等待时机。

欲知后事如何,请听下回分解。

第八回

甘瘤子招桂武为婿

甘瘤子等了许久,也没有找到要出气的对象,心中十分烦闷。这一天他出外闲逛,想散散心。当他走到华容关帝庙门口时,看见庙里有一帮人在看热闹。他一时好奇,信步走进庙门,挤入人丛中一看,原来是一个少年壮士,在那里耍一条至少四五十斤的齐眉铁棍,那棍在少年手中就像一条极轻的木棍一样,丝毫没有吃力的样子。那少年使完了一路棍,猛然将两手往背后一背,铁棍就靠着脊梁,朝地上插下。只听得"喳"的一声,那棍插入土中有一尺七八寸深,少年耸身一跃,一只脚尖立在铁棍上,身体晃都不晃动一下。甘瘤子不由得大叫了一声"好"。甘瘤子这声"好"一叫出口,少年就知道他是个内行,连忙跳下地来,对着甘瘤子说:"现丑,现丑!小子为求盘缠,出于无奈。"甘瘤子看这少年不过二十多岁,生得眉清目秀,举止得体,一副贵家子弟的气概。若不是亲眼看见他的武艺,绝不相信他能使这般兵器。甘瘤子当时就触动了择婿的心,他笑着说:"佩服,佩服!像老兄这般武艺,我平生还不曾见过。老兄如果缺少盘缠,我立刻可以如数奉送。但是此地说话不方便,老兄可否去寒舍坐坐?"少年欣然说:"应去府上请安。"少年收拾好东西,就跟甘瘤子来到了他家中。

甘瘤子问了少年的姓名籍贯,因何在关帝庙卖艺。少年说:"我姓桂名武,江西南康人。因为我生性喜欢武艺,所以他们给我取名一个'武'字。我终日在家舞枪弄棒。十岁时候,父亲大人去世。十五岁的时候,因为一桩盗案牵连到我,家人为救我把积蓄都花光了,才保住了我的性命。先母为这事连急带气,不到半年也过世了。我只身到湖南来,想寻姑母作为依靠。不想在临湘找了两个月也没找到,手边的盘缠都花光了,没办法只有出来卖艺。"甘瘤子听完桂武所述,正合了自己择婿的心愿。他和妻子蔡花香商量,蔡花香见了桂武这般人物,连连点头。桂武走投无路,又见甘家是个大户人家,自然也非常高兴。于是桂武就做了甘瘤子的女婿,和甘联珠结为伉俪。桂武在甘家住了两年,渐渐地有些看出甘瘤子父子不是做正经买卖的人。他就时常在枕边用言语套甘联珠的话,甘联珠总用些不相干的话打岔。桂武心里明白了几分。因以前的盗案牵连,母亲被气死,家业弄了个干净,每当想到这里的时候,他浑身就不寒而栗,可现在反做了这种人家的女婿,他如何能安心?

这天,桂武心中烦闷,一个人往没有人愿意去的山岭登了上去,想使自己的心胸开朗点儿。他站在山顶上四处远眺,忽然有人在他背后拍了两下。他吓了一跳,回头一看,只见一个神采惊人的白须老者,一边肩上立着一只大鹰,笑容满面地看着他。桂武一看就知道这老者是个能人。他忙转身行礼:"老丈从何而来?有何见教?"这个老者正是金罗汉吕宣良。吕宣良对桂武笑着说:"你欢喜做强盗吗?"桂武说:"小子虽是一贫如洗,可是辱没祖宗的事,绝对不会做的。老丈为什么这么说?"吕宣良又笑着说:"你既不欢喜做强盗,却怎么一直住在强盗窝里?"桂武不由得心惊肉跳,双膝向地下一跪,向吕宣良求救:"老丈救救我。我看您的本领,远在我之上。我想这件事情让他们知道,绝对不会放我夫妇走的。"吕宣良笑着说:"呆子,你不会去和你妻子商量吗?"桂武正低头思索,忽觉眼前一晃,抬头一看,那老者已经不见了。他知道功夫高深的剑侠,多有这种借遁的本领,心里后悔没有问出姓名,闷闷不乐地回到了家。

等夜深人静的时候,他把自己怕被牵连的心思告诉了甘联珠。甘联珠脸上立刻变了颜色,想了好一会儿才问:"你打算怎么办?"桂武说:"你能和我一起逃吗?"甘联珠连忙掩住桂武的嘴说:"快不要做梦了。你我的本领能逃得出这房子吗?然而你既有了这个心,勉强留你在这里也不是办法。我嫁了你,还有什么话说?俗语说得好:嫁鸡随鸡,嫁狗随狗。不用说,你走我也得跟着走。我父亲和哥哥,明日动身出门,要十天半月才能回来。等他俩走后,你就去找祖母,告诉她你要独自出门闯荡,建立一番事业。请祖母允许你出去,然后你看看祖母怎么说。之后,我们再商议。"桂武听了,很以为然。

第二天一早,甘瘤子带着甘胜出门去了。桂武拜见了甘联珠的祖母甘二娭毑,把甘联珠昨夜说的话,照样说了。甘二娭毑点点头:"男儿应该志在四方,你打算何时动身,我替你饯行便是了。"桂武心里高兴，随口说："不敢当。打算明天就动身。"甘二娭毑笑着说好。桂武回到屋里，把刚才说话的情形对甘联珠说了，脸上露出很得意的表情。甘联珠一听，大惊失色，对桂武说："你哪知道我家的家法。你去向祖母说的时候，祖母若是怒容满面，大骂你滚出去，那倒没有事。如今她老人家说要饯行，你以为这饯行是好话吗？按照我们的规矩，说替这人饯行就是要他的性命。这是我们的黑话，你如何知道？"说完，就掩面哭了起来。桂武吓坏了，问甘连珠："这事怎么办？"

甘联珠踌躇了一会儿，安慰桂武说："事已至此，没有办法反悔了，只有尽力去做。好在父亲和哥哥出门去了，若他二人在家，我们一辈子也别想出这个门。"桂武问："父亲和哥哥的本领我是知道的，不过家中留守的都是女眷，我凭着这一条铁棍就能打出去，难道还有什么可怕的人物吗？"甘联珠说："你刚才不是说祖母要亲自替你我饯行吗？除了父亲和哥哥，祖母是最可怕的了，你难道不知道吗？"桂武吃惊地说："祖母她走路都要人搀扶，她能有什么可怕的本领？"甘联珠笑着说："我告诉你，父亲和哥哥两个人也不是祖母的对手。你不要以为你这条铁棍有多大能耐。"

甘联珠接着说："你既然已经和祖母说了明日动身，明日把守我们这重房门的，必是我嫂嫂。我嫂嫂的本领，虽然不错，不过我们不用怕她。她以前和我交过手，在我面前输了半招，就是没你相帮，也不难过去。把守二重门的，估料是我的生母。她老人家到时候会念及母女之情，一定不忍难为我,我们冲出去也还容易。不过你千万不能动手,你只要看我的举动行事。三重门是我的庶母,她老人家素来不大喜欢我,一条枪又神出鬼没,哥哥的本领就是她传授的,我父亲有时都怕她。幸亏她最近右边肩膀上起了一个酒杯大的疮,疼痛得厉害,拿枪有些不方便。我二人拼命招架,一两下是招架得了的。时间一长她就会手痛,这样就不妨事了。最可怕的就是把守头门的祖母,她老人家那条拐杖,想起来都寒心。如果能冲得过去,就是我二人的福气。不然,也只好认命,没有别的方法可想。今夜咱们早点儿休息,养足精力,祈祷九泉下的父母保佑,桂氏一脉的存亡在此一举。"桂武听了,惊得目瞪口呆,心想:那个肩上有两只鹰的老者告诉我要想出去,就得和我妻子商量。照此看来,我桂氏一脉不该断绝,才有高人前来指点。甘联珠催着桂武早点儿休息,可桂武哪里睡得着?他装作睡着的样子,拿眼睛偷偷地看甘联珠的举动。只见甘联珠拿出许多珠宝,放在一个大包袱里;然后又捡了一些,捆成一个小包袱;最后从箱底下抽出两把刀,放在两个包袱上面。收拾完毕,她就上床睡觉了。

桂武等甘联珠睡着了,悄悄地下了床,伸手去提刀,竟然没有提动,他运足了两膀气力,把那刀双手拿了起来,只觉得两臂酸胀,没有力气再拿,那刀往下一坠,刀尖戳在地下,连墙壁都震动了。甘联珠一翻身,坐了起来,笑着说:"我叫你好好休息一夜,你为什么要半夜三更爬起来去看刀呢?快睡吧。"桂武答应了一声,上床睡了一觉。第二天天刚亮,两人就已经收拾完毕了。甘联珠提了那个小包袱给桂武,自己拿了那个大包袱，随手把刀拿了起来，竟是毫不费力，回头向桂武说："你要照我的话办，我不动手，你千万不可先动手。"桂武忙点头答应。甘联珠把房门推开，随即倒退了半步。

桂武一看门外站着甘胜的妻子，两手举一对八棱铜锤，堵住了门口。她倒竖起两道柳叶眉，用左手的铜锤指着甘联珠骂："你就知道吃里爬外，不知羞耻！有本领的不要惧怯，来领受你奶奶一锤。"甘联珠并不生气，双手抱着刀说："求嫂嫂恕妹子年轻，放一条生路，妹子日后必然报答。"甘胜的妻子低头想了一下。说时迟，那时快，甘联珠已一跃上前，双刀疾如闪电般地劈下，甘胜妻子没有提防，身上挨了一刀背，被甘联珠抢了上风。她勉强应了几下，料知不能取胜，闪身向后一退，气愤地骂道："你这个贱丫头靠诡计取胜，算不了本领，我暂且饶你，出去吧。"甘联珠见她让出了一条去路，即冲了出来。桂武紧跟在后面，也冲了出来。

二人走到二重门，看甘联珠的生母挺枪当门而立，面上也带怒容。甘联珠双膝跪在地下哀求："母亲就不可怜你女儿的终身吗？"她母亲怒道："你就不念你母亲养育之恩吗？"甘联珠跪着不起，她母亲撒手一枪，朝甘联珠前胸刺来。只听得叮当叮当一阵响，甘联珠随手将枪头一接，将枪头折断。她母亲闪开一条去路，二人从断枪底下蹿了出来。

桂武、甘联珠直奔第三重门。她庶母提着一条钢枪，正等着他们。甘联珠远远地跪下说："妈妈素来是最喜成全人家的。女儿今日和女婿出去，绝不敢忘妈妈的恩德，求妈妈成全了女儿。"甘联珠一面哀求，一面将手中双刀紧了一紧。

桂武跪在旁边见了，也握紧了手中棍，准备厮杀。只见她庶母一抖手，枪尖起了一个碗大的花，连声喝道："我不听你的花言巧语。"旋骂旋用枪直刺过来。甘联珠避开四五尺，两把刀翻飞上下，风随刀发，满地尘埃激起，如狂风骤雨，如万马奔腾，连房屋都摇动起来。桂武挥动手中铁棍，上来厮杀。他一铁棍劈去，却碰到了枪尖，仿佛碰在石头上，铁棍反转了回来，险些碰到自己的额头上，虎口震出了血，两条臂膊都麻了。他急忙闪身到甘联珠背后。甘联珠一连两刀，架住了钢枪，向桂武喊："此时不走，更待何时？"桂武哪敢怠慢，一伏身，从刀枪底下，蹿出第三重门外。只听得她庶母骂："好丫头，你如此偷逃，看你父亲和哥哥回家后怎么对付你们。"甘联珠没回答，也蹿到外面。

两人出来后，甘联珠擦干了头上的汗，对桂武说："我们先休息片刻，然后去求祖母开恩。她老人家那里，可不是玩的。"桂武忙问："万一她老人家不许，可怎么办？"甘联珠安慰他说："要是论我的本领，抵敌她老人家，还差得很远。不过要求脱身，只要你见机行事，不要像刚才，直到我喊你才走。你要是能出去，我自有办法。"桂武说："你若能和刚才一样，把祖母的拐杖架住，我就能很迅速地逃出去。经历过一次了，第二次就知道怎么做了。"甘联珠点点头，只是脸上始终很忧愁。甘联珠知道自己的本领，万万不是甘二娭毑的对手，两把刀的许多路数一到甘二娭毑的拐杖跟前，根本就没有办法施展。

欲知后事如何，请听下回分解。

第九回

桂武听红姑诉缘由

桂武和甘联珠休息了片刻，就直奔头门而来。来到头门，桂武看见甘二嫫驰拦门坐在一把太师椅上，左手支着一根茶杯粗细的拐杖，右手拿着一根旱烟管，在那里抽着旱烟，两眼眯缝着，似乎被烟熏得睁不开。甘联珠跪下去叩头，她好像没有看见，桂武也只得跟着跪下。甘联珠才要开口哀求，甘二嫫驰已将旱烟管一竖问："你们要成家立业，是一件好事。你们要知道，我这一份家业，也不是容易来的。我活到九十多岁，你们还想让我去吃官司，这事可是办不到。"甘联珠哭着说："孙女和孙女婿受祖母、父母养育大恩，粉身碎骨也难以报答，不敢去做那天理不容的事！"甘二嫫驰大喝道："住嘴！你祖母、父母一生做的，尽是天理不容的事。我已经九十多岁了，能再活上几年？你们为什么不耐住几年，等我好好地死在家里了，才去成家立业呢？就是此时的家业，在我这里有现成的，你们到外面去创什么家业？你们既然存心和我过不去，自然是欺我老了无用。也好，我倒要试试你们少年人的身手。"说时就站了起来，桂武吓得浑身发抖。

甘联珠仍跪着不动，说："祖母要取孙女的性命就像踏死一只蚂蚁。"甘二娭驰哪容甘联珠再说下去,举拐杖如泰山压顶般朝甘联珠头上打下来。甘联珠只得咬紧牙关,双手举刀,拼命往拐杖一架。甘联珠刀背一着拐杖,两臂哪禁受得这种分量,只压得两眼发花,两耳呜呜地叫,口里不觉喊了一声:"不好!"两脚随即一软,身体便往后倒,明知这一拐杖压下来,绝对没有生还的希望,只好闭了眼睛等死。

就在这万分紧要的关口,只觉一阵凉风过去,只听得"哎呀"一声,甘联珠连忙睁眼,只见桂武精神陡振,一手拉了自己,往外便跑。跑了两里多路,甘联珠才把神定了,问桂武:"究竟是怎么一回事?"桂武笑着说:"我哪有那个本领。这事说起来也真有些奇怪,你当时架不起祖母的拐杖,我眼睁睁地望着,真是急得走投无路。这时,猛然看见一只大鹰,比闪电还快,从头门外扑进来,一爪就将那要打下来的拐杖抓住,然后翅膀再一拂,拂到你祖母的脸上,只听得她'哎呀'一声,连旱烟管都丢了,双手把脸捧住。我一见这情形,不敢停留,所以拉了你就走。"甘联珠吃惊地问:"你看清楚了,是一只鹰吗?"桂武道:"看清楚了,确是一只极大的黑鹰。"甘联珠叹了一口气说:"不好了,我家的仇敌金罗汉到了。只有他养了两只神鹰,其他人都没有。"桂武问:"金罗汉是个什么样的人,如何和你家是仇敌?"甘联珠道:"我常听我父亲说,江湖上有个吕宣良,绰号金罗汉,专门和崆峒派的人作对。养了两只神鹰,许多有本领的人都败在那两只鹰的爪里。我师伯董禄堂和他斗法,险些连性命都丢了。所以金罗汉是我家的仇敌,不知他今天怎么到这里来了,却救了你我的性命!"桂武便把前天在山顶闲眺,遇见金罗汉的话说了。

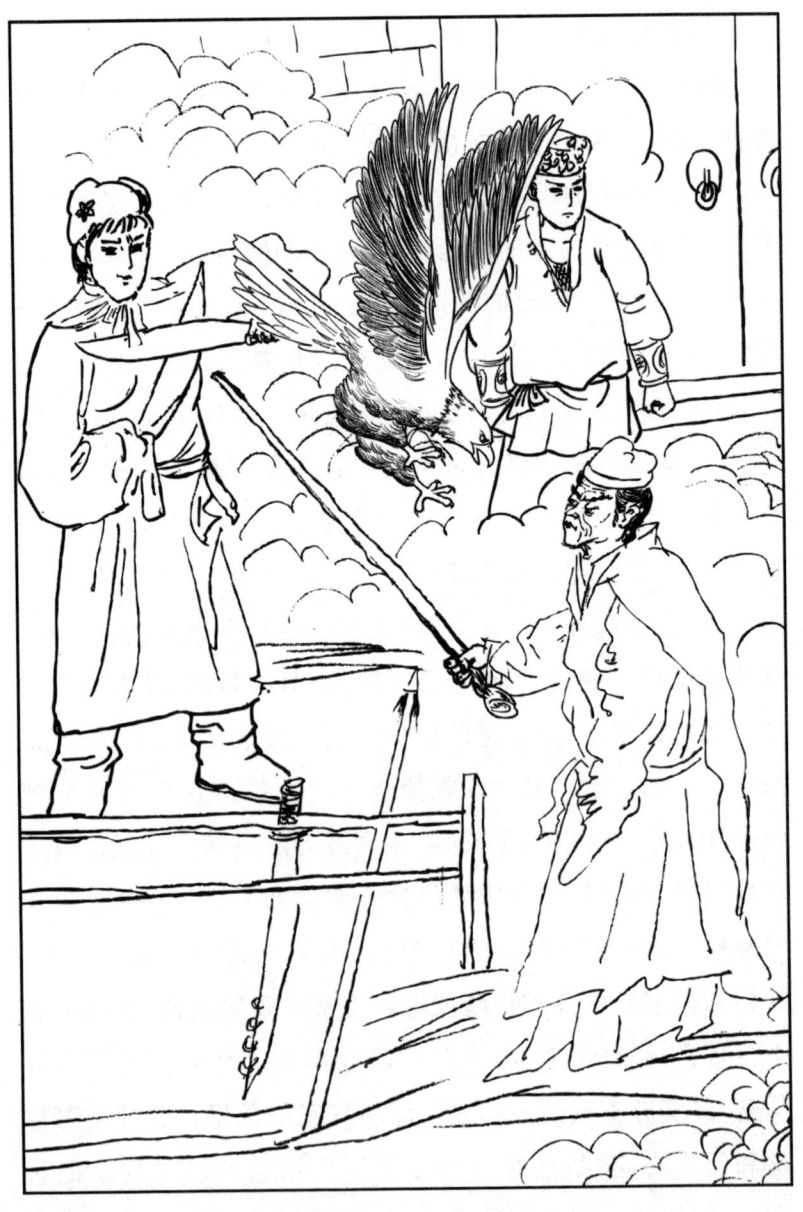

神鹰救桂武夫妇

甘联珠笑着说:"幸得你没有把这话跟我说,不然,我一定怀疑是金罗汉教唆你有意挑拨我家来的。我有了这疑心,不但不会和你走,说不定还会怀疑你是来我家卧底的。那样的话,事情就糟了。"桂武道:"我所以没有把遇见他的话说出来,一来是不知道他是什么人,若把他当时神出鬼没的情形说出来,怕你不信;二来是离开你家是我的本意,并不是遇见他才发生的,用不着说出来。"甘联珠点了点头说:"此地离家太近,我们不可久留。你打算往什么地方走,快走吧。"桂武说:"我到湖南来,本来是为寻我姑母,想让她帮我找一安身立命之所,现在我们再去临湘找她。"二人来到临湘后,甘联珠拿出些珠宝,变卖了钱,置办了些田产房屋,也不向人说明来历。桂武逢人便打听他姑母的消息,又是一年多没有踪迹。桂武猜想他姑母不是已经去世,就是搬到别的地方去了,渐渐地就把寻找的心懈怠下来了。

一天,桂武正和甘联珠在家闲谈,忽然看见一个十来岁的小孩儿,站在门外,向里面大声问:"这里可有一位姓桂的公子吗?"桂武听了,心中一动,来到门外,留神看那小孩儿的眉目,竟和自己一般无二,若在外面一起走,一定会被人当成同胞兄弟。桂武反问:"你是哪里来的?找桂公子干什么?"那小孩儿上下不住地打量桂武,然后拜倒在地说:"家母今日才知表哥在此,特命小弟请表哥到寒舍去。"桂武听了表哥的称呼,知道是姑母派人来找他,连忙把表弟扶起,心中的高兴劲儿就不用说了。他拉了表弟的手走进来,把甘联珠介绍给他,桂武这时才问他表弟的名字。表弟说:"我叫陈继志。母亲吩咐让我们早点儿过去,免得她盼望。"桂武说:"姑母怎知道我住在此地?"陈继志说:"表哥去见了家母,自会知道。家母吩咐表嫂也请一同去。"三人即刻动身去找桂武的姑母了。

走了小半天,他们翻过了一座山,来到山下,陈继志指着前面一个道装女子,向桂武说:"表哥请看,我母亲就在前面等候。"桂武仔细一看,认出正是自己的姑母。桂武小时乳名清官,他姑母呼着他的乳名,笑着说:"十年不见,见面几乎都识不出来了。我知道你找我找得很苦,我也是直到今天才知道的。"桂武忙紧走几步,趴在地下叩头,口称姑母。甘联珠自然也跟着跪拜。他姑母笑着对甘联珠说:"你能离开你家,真是深明大义。我听得后,心里高兴得不得了。"甘、桂二人都猜不透他姑母是怎么知道的,一时也不能问。

桂武夫妇就进了他姑母家,在里面谈了起来,原来他姑母就是红姑。他姑父陈友兰死后,红姑的年纪还不到三十岁,守着一个两岁的孩子继志。陈友兰留下不少的财产,当时陈家的族人想排挤红姑,让她改嫁,把陈友兰的遗产分了。族人用了无数的方法,都没有把红姑劝动。红姑性情豪爽,不肯拘泥小节,生性喜欢穿红色的衣服,在服丧期间也是一身红衣。族人以红姑在服丧期间穿红色衣服为由,告她不守贞节。亏得县官廉明,将族人申斥了一顿。红姑为躲避他们,就搬到临湘乡下住了。族人见红姑独自搬到乡下去住,便集合许多无赖扮成强盗,去红姑家里抢劫。

那天黄昏后,红姑家来了一个化缘的道姑,年纪约有六十多岁,要在红姑家借宿,红姑答应了。到了半夜,族人一个个都用锅灰涂黑了面孔,闯了进来,把红姑和乳母、老妈子都捆起来,反锁了房门,抢东西去了。红姑不见了自己的儿子,便问乳母:"继志在哪里?"乳母说:"我醒来的时候就被捆上了,那时候就不见了公子。那借宿的老道姑也不知去向。他们必是强盗一伙的,来这里做内应。"红姑正在那里低头伤心痛哭,忽然房门开了,有人拿了个火把过来。红姑以为是强盗,就把两眼闭了,只听得乳母叫她:"奶奶,你快看,公子在这道姑手中抱着呢。"只见那道姑左手抱着继志,右手握着火把,对红姑说:"奶奶不用害怕,强盗都被贫道拿住了,公子也没有损伤。"说着就把继志放在床上,用手在三人身上一摸,三人绑在身上的绳索纷纷落在地上。红姑坐了起来,一把抱住了继志,向道姑不断地道谢,然后问她如何拿住强盗的。道姑笑着说:"你自己出去看一看,便知道了。"红姑有些胆怯,不敢去看。道姑拉了红姑的手说:"有贫道在此,不用怕。他们一个也没有跑掉,现在只等着你发落他们呢。"

　　红姑仿佛在梦中,跟在道姑的后面出来,来到了堂屋。她一看,在屋角上挤了一群人,脸上都涂抹得十分可怕。奇怪的是,他们一没有绳索捆绑,二没有墙壁拦着,却一个个都呆呆地站在那里,一动也不动,每人的眼睛还都能转动。红姑问那道姑:"师父,你用了什么法子,能把他们这样挤在一块儿不动呢?"道姑笑着说:"这法子容易得很。你若是想学,贫道可以传授给你。在山野之间居住,这类法子也要知道些。贫道数十年在山里野宿,就全仗这些方法保命。这些强盗,你想怎么处置?只需说一句,都交给贫道办理就可以。

依贫道看,这些强盗不是一般的强盗。你两岁的公子和他们有何仇恨?他们竟想把他置于死地。若不是贫道在旁边把公子救了,只怕公子此时早已不在人世了。贫道见他们如此狠毒,才存心一个也不叫他跑掉。"红姑一听道姑的话,已知道这些人都是同族的人。她一看自己也没受什么伤害,也就不想和他们再结深怨。红姑亲自训斥了一番,然后就把他们放了,也不追究。红姑从此就拜那道姑为师。

那道姑姓沈,道号栖霞,也是一代女剑侠,和金罗汉吕宣良最是投缘。她终年游行各地,专门救济贫苦百姓,除暴安良。她也和金罗汉一样,没有固定的寺庙。她见红姑是一个意志坚强的女子,就很愿意地收红姑做了徒弟。五年之后,红姑练成了一身了不得的本领。江湖上因她欢喜穿红,都呼她为红姑。红姑一面从沈栖霞学道,一面督促陈继志练武艺。几年下来,陈继志的本领便也不在人下了。

有一次,红姑在清虚观遇见了金罗汉。金罗汉就问红姑见着桂武没有,红姑一下子摸不着头脑。金罗汉就把桂武来临湘找红姑不着,在华容卖艺,入甘瘤子家当了女婿,没有办法逃走,及自己如何指引桂武逃跑,如何派鹰去救了甘联珠的话,说了一遍。然后告诉她:"我前天在一家新造的房子门前经过,还见着甘瘤子的女儿在房子里面,我料定那就是桂武夫妇的家。你可以去找他们夫妇。"红姑回家后,让儿子陈继志去请桂武。红姑将前后的事,说给甘、桂二人听了。甘联珠想跟红姑学习剑术,就认红姑做了义母。从此两家往来,十分亲密。

再说甘瘤子回家后,听说自己女儿跟桂武走了,倒也没有太在意。当听到来了一只黑鹰,把自己母亲的拐杖抓去,并用翅膀拂伤了母亲的左眼,就知道是金罗汉差鹰来救的。甘二娭毑受了这次惊吓,再加上心里一气,不到半月便死了。甘瘤子暴跳如雷,恨不得立刻去找金罗汉拼命。但他知道自己不是金罗汉的对手,只好按捺住火性,等待机会。

欲知后事如何,请听下回分解。

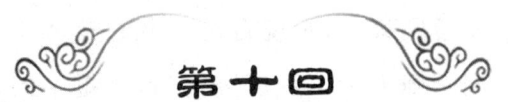

第十回

 陆小青夜宿红莲寺

现在再说陆凤阳。他为争赵家坪被平江人打伤之后,幸好遇到常德庆,为他治好了伤,并留药把受了伤的浏阳人都治好了。陆凤阳和众浏阳人日夜思量如何报仇雪恨。平浏两县人为赵家坪争斗的事,一年照例一次。昆仑、崆峒两派都暗中积攒力量,准备在合适的时候一决高下。

陆凤阳的儿子陆小青却是书中的一个重要人物,且听在下慢慢道来。陆凤阳一家世代为农,没有人读过诗书,他想让陆小青好好读书,光耀门庭,所以在陆小青五岁的时候,特意聘请了一个本地秀才在家里教陆小青读书。不过两年的工夫,陆小青就读完了五经,远近的人都称陆小青为神童。八岁的时候,陆凤阳带着他到长沙省城看他姨母。他姨母就在南门凤凰台。陆凤阳请一个姓赵的秀才来考考陆小青的学问。赵秀才一看陆小青生得唇红齿白,眉清目秀,摸着陆小青的脑袋问:"你有没有写过文章?"陆小青说:"还没有,每天就是做一首诗,对两个对子。"赵秀才说:"你会对对子吗?我出一个给你对对看如何?"陆小青说:"请出给我试试看。"赵秀才想了一下,笑着对陆小青说:"有了!盒烟难过三人瘾。你能对吗?"陆小青应声答:"杯酒能消万古愁。"赵秀才吃了一惊,望着陆凤阳笑着说:"想不到令郎小小年纪,就有这般才华,真是难得。将来的成就不可限量。"陆凤阳听了很高兴。刚要谦让几句,就听见外面有雄鸡的叫声,赵秀才拍着巴掌笑着说:"我又有了一个好的,你再对一对看。这里地名是鸡公坡,方才恰好鸡公叫,就是鸡公坡内鸡公叫。你对好了。"陆小青略一思索说:"凤凰台上凤凰游。"赵秀才叹了一口气:"这种天才,这种谈吐,将来了不得,你一定是凤凰台上的人物!"

　　陆凤阳不知道儿子身体发育未完全,脑力用得过度,一直坐着不运动对身体有害的道理。因此,陆小青在十二岁的时候,书是读得很多了,可是身体就瘦弱得不成样子了:背也弯了,眼也花了,走不上两三里路,就累得气喘吁吁,浑身是汗,还一阵阵地头眼发昏。陆凤阳夫妇这才着急,不敢再让陆小青读书了,四处访求名医给陆小青治病。但像陆小青这样虚弱的身体,服药也没有什么特别的效果。过了几个月,远近的医生以及江湖上的术士,都来尝试过给他治病了,但一直不见好转。陆凤阳夫妇渐渐绝望了。这一天,门外忽然来了一个五十多岁的人,身上行装打扮,背后背着一个不大的包袱,相貌平常,没有惊人之处,听口音是长沙人。他进门就向陆家的人说:"我是特地给你家小少爷陆小青治病的,我要见陆凤阳。"陆家人打量半天,感觉这人不像医生,便没有把他太当回事。陆凤阳远远地看见这种情况,走了过来,对来人说:"听说老哥是特来替小儿治病的,感激之至,请进来说话。"来人很谦和地答礼,到里面两人分宾主坐定。来人先开口介绍:"我姓罗,名春霖,家住在长沙。我并不懂得医术,不能替人治病。"陆凤阳听到这里,忍不住笑了一笑说:"老哥既然不懂医术,不能给人治病,又为何远道光临寒舍呢?"罗春霖说:"我听说了令郎的症状,怀疑令郎不是有病。如果不是病,那就是因年轻用功过度,妨碍了身体的发育,以致身体虚弱。我倒有方法能使他强壮起来。"陆凤阳听了,不由得欢喜起来,忙把陆小青带了出来,让这个人看看是不是发育的问题。

此时的陆小青虽然不过十三岁,但是身体虚弱得却比六七十岁的老人还要厉害。浑身上下看起来都没有几两肉,脸上如白纸一般,不但没有血色,而且还有些青黑之气。两眼深陷下去,望去就和土里挖出来的骷髅没有区别。罗春霖起身抓住陆小青的手,仔细看了看,然后对陆凤阳说:"令郎的身体,已经虚弱到极处了,如果服普通的药,至多能多活三年。"陆凤阳问:"求您救救我儿子,不过我想冒昧地问一句,不吃药怎么治呢?"罗春霖说:"我有我的治法。但要说我的治法,要先把我的家世说出来。我先父在长沙有点儿名声。先父的名字,是上有下才。"陆凤阳不等罗春霖说下去,大笑着说:"我听过他老人家的名字,他老人家真是威名远震的老英雄,他老人家的本领实在了得。"罗春霖说:"先父的武艺,是没有几个人能赶得上。但他老人家按摩推拿的手段,更是绝技。现在只有我得到传授,要是用我这种按摩推拿的法子,保管使令郎一年之内变强壮。不过,令郎要拜我门下做徒弟。"陆凤阳心想:我这儿子经过多少名医诊治,都没有什么起色,眼见就要没救了,只要能延长我儿子的寿命,莫说要拜他为师,便是给他做义子都可以。于是陆凤阳便让陆小青拜罗春霖为师。从此,罗春霖就在陆家住着,每日早晚替陆小青按摩两次,后来又传他不少拳脚功夫。这种治疗虚弱的方法真妙,只一年多的时间,陆小青已变成一个极活泼干练的青年了。后来陆凤阳夫妇得病相继去世了,陆小青便将土地租给佃户耕种,自己亲自迎接罗春霖来家,专心致志地练武。又过了几年,罗春霖也病死了。陆小青没有了骨肉亲人,懒得在家打理家产,便将陆凤阳传下的产业托付给一个公正的族人经管,自己带了些盘缠出门游览。从家里出门,他就直向长沙进发。陆小青没有急切到长沙的心思,只是闲庭信步地走着,一路上欣赏沿途的美景。

这一天,陆小青光顾欣赏景色了,忘记了时间。在将近黄昏时候还没有找到客店,再往前走了不到十里,天色便黑了下来,他加紧了脚步,一心想赶到前面市镇上歇宿。他刚刚走过一座山岭,忽然看见山底下有一所很高大的庙宇,气势雄伟。庙里钟声梵乐,热闹非常,一听就知道庙里正做功德法事。陆小青一听到这种声音,不知不觉地想起他父母去世的时候,请了红莲寺方丈和十几个和尚做道场。那夜用许多张桌子搭起一座高台,不过那台搭得不结实,方丈和尚正抓着馒头往台下扔的时候,突然"哗啦啦"一声响,高台倒了下来,方丈和尚当时已经有五六十岁了。那台一倒,大家都吓得大叫起来,以为老和尚一定跌得头破血流,不死也得重伤。谁知在台下的年轻人有好几个被压伤了,老和尚却安然站在地下,连惊慌的神色都没有。大家都说这是陆家的福气好,若把老和尚跌死了,红莲寺的和尚是绝不肯善罢甘休的。因为红莲寺是一个很大的寺院,在附近有很大的势力,寺里经常住着一百多个和尚。那方丈和尚法号知圆,修行高妙,品行端方,在红莲寺主持了二十年,寺里的清规是再严没有的了。知圆和尚十分慈善,又有才学。红莲寺的和尚,不问年龄老少、在寺里的名位大小,没有一个不循规蹈矩的。有时在路上行走,遇着妇女,和尚总是远远地就低下头来,拣宽阔的地方,站在那里等候妇女过了才走,从来没有人敢抬头多看一眼。如果有妇女到寺里烧香,知圆派寺里招待的和尚,年龄多在六十开外。俗人想出家的,在别的庙里受戒都很容易,唯有在红莲寺出家,真是比登天还难。寺里的饮食,粗恶万分,便是乞丐来了也不吃。这还在其次,最使人不容易遵守履行的,就是那戒律多如牛毛,一举一动,一言一笑,都有严格的规矩。一有错失,处罚极为严厉。因此出家人能在红莲寺受戒的,不但平常人都特别尊敬,就是游方到各地寺院里挂单,各寺院的当家都得拿他们当高僧迎接。

　　知圆和尚平日不出寺门,去拜访他的人,他也不肯轻易接见。唯有请他讲经,或死了人请他做道场,他说这是度人的大事,从来不推辞。正是因为知圆有这么多难能可贵的地方,周围几县的人都异口同声地称他为活菩萨。若那夜他在陆家跌死了,不说红莲寺的和尚不肯善罢甘休,就是远近地方上的人,也都要责备陆家。当时没有跌伤,有的说是陆家福气好,正该不遭人命,有的说这不关陆家的事,像知圆和尚这样的活菩萨,本来就有百神呵护,逢凶化吉。陆小青当时也立在台下,看了只觉得太奇怪,不过也没太往心里去。这事搁在心里几年了,此时听得寺里做功德法事的声音,所以不知不觉地把这桩心事触动了。

当下,陆小青心里寻思:"我不曾到过红莲寺,不知这庙是不是红莲寺。此时天色已经昏黑了,若是红莲寺,我就在这里借住一宿。"陆小青寻思着向山下走。不一会儿,陆小青绕到了山门前面,细看山门上的匾额,果是"红莲寺"三个大金字。山门大开着,陆小青望见里面佛殿上灯烛辉煌,无数的和尚都身披袈裟,正在做佛事。陆小青缓缓走进山,拱立在佛殿下等候。功德做完后,一个五六十岁的老和尚,从众和尚中走出,迎面向陆小青合掌念了一声佛,很谦和地问道:"居士从哪里来?有何贵干?"陆小青连忙打拱,答道:"请恕冒昧,我是打从此地过路的,因天色已晚,前面山路不易行走,只好来宝刹借宿一夜。"老和尚见是来借宿的,当下就答应了。陆小青连声称谢。知客老和尚带着陆小青到东边一所连三间的房内,让陆小青坐下,转身出去,托了一个木盘来,盘里一小桶饭,两样素菜,在桌上摆好碗筷,让陆小青吃。陆小青早就饿了,一顿狼吞虎咽地吃了。吃过饭后,陆小青就倒在床上睡起来。睡了一会儿睡不着,他辗转了几次,看见从窗格里射进来的月光,忽然有了赏月的兴致,就穿衣服下床,开了房门,走到了大佛殿下面的一个大坪上。陆小青反抄着两手,仰面在月光中走了几转,欣赏着美丽的月色。

四周万物都静悄悄的,连风动林叶的声音都没有。这种清幽的环境,让陆小青觉得出家人实在令人钦敬和羡慕。

陆小青看到东边廊庑下安放了一口五六尺高的大铜钟,随意走近前看那钟,是云白铜铸的,上面镌刻了制造的年月,已有百年了。他正要伸手摩挲,忽然觉得佛殿上有一阵很怪异的风,吹得殿上悬挂的东西都瑟瑟地响。陆小青不禁回头向佛殿上望去,却忽然发现有好几个妇人,聚集在佛殿里,一齐向佛像叩头跪拜。陆小青不禁吃了一惊,暗想:这时分怎得有这么多妇人来拜佛呢?再定睛看,却一个也看不见了,只隐约地看见一群黑影,同时向佛座下躲藏的模样。陆小青心想:"不是活见鬼了吗?"当下向殿上四周看去。这佛殿正中莲座上有一尊佛像,还是坐着的,头顶已直冲屋脊。那莲花座有一丈二三尺高,朱漆的莲花瓣一片一片张开来,每片和门板一般大小。陆小青举步向佛殿上走去。才走了几步,一抬头,又看见一大堆妇人在向佛像叩头跪拜。这次见到的比前次更多更清晰,前次大约只有十来个,这次就有二三十个了。陆小青见到这种怪异情形,便立住不动,仔细观瞧,发现那一大堆妇人并不是突然出现的,是一个个从莲座下走出来的。一会儿后,已经出来七八十个了。猛听得"喳喇"一声,佛殿上的瓦好像被猫儿踏碎了一片,这响声一出,这些妇人顿时惊慌地往莲座下一闪,转眼都不见了。陆小青心里寻思:"佛殿之上,怎么会有这些女鬼在这里呢?她们是从莲座下走出来的,莫非这莲座下有什么蹊跷?"便拔了一枝蜡烛,细细地照看莲座前面的莲花瓣。照到后面,他看出其中有一片莲瓣特别地光滑，像时常有人用手在这地方捏的。他用手捏住一摇，摇得那莲瓣往旁边一歪，里面便一股阴冷之气冲出来，只冲得陆小青皮肤起栗。陆小青仗着一身出色超群的本领，并不害怕。换左手捏住莲瓣，右手拿烛向冲出阴冷之气的地方一照，只见这莲瓣原来是一扇洞门，莲瓣让开了，即时现出了一个洞口来。洞口里面，漆黑一片，只觉得一股臭气冲入鼻孔。陆小青闻了，禁不住要呕吐，心里已猜着必是尸臭，正想进洞里探看一个究竟，突然听得有脚步的声音。

欲知后事如何，请听下回分解。

第十一回

 逢柳迟连夜离贼窝

陆小青突然听得有脚步的声音,吓得忙"噗"地一口将烛吹灭,将莲瓣扶正,跳下来,仍由东边廊庑下,走进那三开间的房。他脚才跨进睡房,就见那个知客老和尚坐在床上,笑容满面地立起身说:"居士刚才从哪里来?"陆小青一惊,只得竭力装出从容的样子回答:"因为今日是中秋佳节,我见从窗格里射进来的月光,清明如昼。偶然想起这样皎洁光明的月色,照着这样清净庄严的佛地,应该比一切的地方都好看,便起身去廊庑下及石坪中,欣赏了一会儿月色。"知客老和尚点头笑着说:"居士真是雅人,才有这般清兴,贫僧钦佩之至!"陆小青问道:"老和尚怎么这时候还不去睡?来这里有何见教?"知客老和尚目不转睛地望着陆小青的脸,笑着说:"并没有什么事,只因贫僧心里异常钦佩居士,想来这里与居士多谈一会儿。"陆小青说:"我一无所长,怎敢让老和尚钦佩。"知客老和尚听了,伸手竖起大拇指,说:"贫僧钦佩的,是居士独一无二的胆量。"陆小青听了这话觉得很诧异,随口问道:"老和尚和我初次相逢,怎么知道我有独一无二的胆量?"知客老和尚说:"世上的人,不论男女老少,没有一个不怕鬼。但我看谁也没有居士那么大的胆量。请问刚才居士所看到的,究竟是什么样的情形?"陆小青没想到刚才自己的行动被发现了,思量了一下,认为自己还是一口咬定不曾见鬼的好,于是故意装出惊讶的样子,说:"老和尚,这些话从哪里说起?"知客老和尚生气地说:"你这人太不识好,敢在真菩萨跟前烧假香!我这红莲寺有一百多个和尚,你在佛殿上的行为,岂能瞒得过我们的耳目?好好的佛座莲台,你点着蜡烛东寻西觅些什么?"陆小青见点蜡烛照莲台的事已被老和尚看见了,知道再掩饰也无用,倒不如干脆和他硬来,看他能怎么样,便说:"鬼我是见了,莲台也是照了,你打算将我怎样?有什么手段,尽管使出来。"知客老和尚点头说:"你既然承认见了鬼,照了莲台,以下的话就好说了。你今夜识破了寺里的机关,只有立刻皈依我佛,剃度出家,便不追究你偷窥的罪了。"陆小青问道:"你这话是教我出家做和尚吗?"知客老和尚说:"不错!除了立刻出家做和尚,没有第二条路给你走。"一面说,一面从衣服里拔出一把雪亮的单刀来。陆小青并不畏惧,笑着说:"你这类东西,不用拿出来吓我。别说我这时候宁死也不出家,就是要出家也不在你这万恶的红莲寺出家。"知客老和尚将刀放了回去,却一低身蹿出了房门,回头向陆小青说:"好,看你有什么本领能插翅飞出红莲寺去!"说时,房门"噼啪"响了一下关了。陆小青见房门已是关闭,连忙回身一脚踢去,却发现这是用铁皮包钉的房门。陆小青将全身力气都运到手上,连推了几下,也没有将门推开。陆小青心中哀怨,看来是插翅难逃了,不由得仰头长叹。这一仰头却又几乎喜煞。原来屋顶上有一个很大的透明窟窿。陆小青抖擞精神，双脚一垫，身体就从窟窿里蹿到了瓦面上。脚刚立住，就听得背后有人说："不肯在这里出家，倒是一个好汉。"陆小青惊魂初定，听得背后有人，又是一惊。回头看时，只见一个身材不高的人，神气很安闲地立在瓦上。这人笑着说："我是救你的恩人，你瞧后面，追赶你的人来了！"说时，手向对面屋上一指，陆小青看时，果见有三个大袖光头的人影向这边扑来，手中都操着明晃晃的单刀。这人说："随我来吧！"陆小青不知不觉地被这人牵着向黑暗处飞跑。一口气跑了三四十里路，直跑到东方发白，这人才停步松手，向陆小青说："我们就在这里休息一会儿吧。"说着，就在路旁石上坐下来。陆小青这才对这人作揖称谢，问道："请问老兄尊姓大名？怎么知道我被困在红莲寺，深夜前来相救？"这人说："我姓柳名迟，并不是特地来救你的，是奉师父之命，前来搭救一个很重要的人。想不到一到红莲寺，就看见你陷入困境了，便将悬皮屋梁弄断了。"陆小青听了这些话，才恍然大悟。

忽然柳迟笑着说："来了，来了！"陆小青抬头看前面，只见一行来了九个人。一个武官装束，大约四十多岁，生得浓眉大眼，膀阔腰圆，面上带着忧愁的样子。同行的八个人，身穿得胜马褂，背插单刀，一副雄赳赳气昂昂的模样，好像就要去冲锋陷阵一样。柳迟挡住去路，问道："你们是从湖南巡抚部院来的吗？"那武官一惊，说："你们怎么知道我们是从湖南巡抚部院来的？"柳迟将姓名说了，说："我昨日奉了我师父之命，到红莲寺救一个贵人，说那贵人已在红莲寺被困三日夜了。若我一个人的力量不能救,只需回头向长沙这条路上走五十里等候,自有湖南巡抚部院的人来,可以与他们商量救法。至于在红莲寺被困三日夜的究竟是什么人,我师父不肯说,只说是五十多岁的一个贵人。"那武官听了,现出惊慌失措的样子,问:"请问贵老师尊姓大名?贵老师怎么能在我未动身之前就教足下到这里来等候呢?"柳迟笑着说:"我师父就是江湖上人都称他老人家为'金罗汉'的吕爷爷。他老人家道法高深,千里以外的事都能明如观火,何况就在眼前的事?"那武官更现出惊讶的样子,问:"是金罗汉吕宣良吗?"柳迟说:"怎么不是,你也认识吗?"那武官"哎呀"了一声:"我姓赵,名振武,是巡抚部院里的中军官。我高祖赵星桥在湖南做巡抚的时候,曾受他老人家帮助,除了当地的一个妖孽。"赵振武说完,忽然向柳迟恭恭敬敬地作了一个揖说:"既然是尊师吕爷爷教老兄来红莲寺搭救一个贵人,这贵人必不是别人。我们卜巡抚前日出门私访,至今没有回衙门。我昨天寻访了一日,没有着落。还没遇着老兄的时候,我已怀疑这红莲寺了,此去就是打算到红莲寺探寻。"柳迟说:"我常听得人说,现在这个卜抚台,是一个极清廉刚正的好官。他有难,怪不得我师父打发我前来搭救。但要去搭救卜抚台,就我们这十来个人去,恐怕不容易从那种龙潭虎穴里面将他安全救出。"赵振武听了很着急,说:"那我们怎么办呢?难道因为人少了,就不去救吗?"柳迟说:"红莲寺这种害人的巢穴,就是不将卜抚台困住,也得斩草除根,不许他们再害人。现在你赶紧回省城去,火速调一标人马,前去将红莲寺团团围住。

但是此刻卜抚台被困在里面,投鼠忌器,不能就这么领兵去围。我和陆小青兄先回到红莲寺去,见机行事。"赵振武连忙对柳、陆两人一躬到地,说:"兄弟就将这暗中保护大人的千斤重担,托付两位老兄了。"柳、陆二人也连忙还揖。赵振武率着八个巡抚部院的亲兵,匆匆回头去了。

柳迟考虑到自己是昆仑派的人,若明里出头帮助官府,怕替昆仑派结下无穷的仇怨,便对陆小青说:"你没有派别,论根源可说是官府这边的人。我在暗中不出头,免得替昆仑派结下无穷的仇怨,你认为怎么样呢?"陆小青笑着说:"既然老哥不宜露面,此去不露面就是了。不要耽搁了,我们就此去吧。"二人说完,回身奔红莲寺来。

才走了二十多里,见前面一个跛脚叫花,蓬头散发,满面泥垢,身上衣服破烂不堪,一颠一跛地迎面走来。二人立在旁边让路,那叫花经过二人时,抬头向二人望了一望,忽然对陆小青说:"陆少爷久违了!"陆小青打量了一眼这人,"哎呀"了一声,问:"你老人家不是那年替先父治伤的常师父吗?"这个常师父,就是替陆凤阳治伤的常德庆。常德庆笑说:"你打算去哪里呢?"陆小青说:"我原是要到省城长沙去的。不料在半路上出了岔头,险些把性命送掉了,现在要到红莲寺去。"柳迟见陆小青对常德庆说实话,心里很着急,又不好当面阻止,只好轻轻在陆小青的衣角上扯了一下。但陆小青的话已说出,一时提不回来,虽然不继续再说下去,但常德庆听了那几句话,问:"在半路上出了什么岔头?现在到红莲寺去干什么呢?"陆小青因柳迟在他衣角上扯了一下,又听了赵振武说过这事不能声张出去,心里很后悔自己说话太鲁莽,不该露出半路出岔头和去红莲寺的话来,不过话已说出,常德庆又很注意地盘问,一时哪有可以遮掩的话呢?只急得红了脸望着柳迟。柳迟知道陆小青这时心里是很窘的,便挽着陆小青的手,对常德庆说:"改日再会吧。我们此时实在有点儿要紧的事,不能在此地多耽搁。"说毕,二人提脚便走。常德庆也不理会,支着拐杖一颠一跛地往前走了。

陆小青低声对柳迟说:"这常师父是个异人,先父在时,是极钦佩他的。我记得先父时常说常德庆的能耐,大得不可思议。我们不如回头去追上常师父,求他帮助,一同去除了那个万恶的害人坑,搭救卜巡抚。"柳迟说:"这事只怕向他说不得,我师父既叮嘱我不许露面,我想露面尚且不可,怎么好拿这事去向人说,胡乱求人帮助呢?"陆小青说:"不用你去求他帮忙。你还是可以不露面,我去追上他向他说,好吗?"柳迟听了,不好再说不肯,只得微微地点头。

陆小青追过一个山嘴,就见常德庆撑着那根拐杖,在前面一颠一跛地走着。陆小青一面跑,一面喊:"常师父请停步,我有话说。"常德庆掉过头来问:"什么事?"陆小青已跑到了跟前,说:"我去红莲寺,必定是凶多吉少。我有缘在这里遇着你老人家,求你老人家助我一臂之力。"常德庆听了,说:"我看在你亡故的父亲面上,老实对你说一句:你既不为官,又不当差供职,管什么巡抚被困的事,别说你只有罗春霖传授的这点儿本事,够不上管这闲事,就是有再大的本领,事不干己,也不管为好。你想去长沙,就和我一同到长沙去吧。"

陆小青摇头说道："使不得,不是我不听你老人家的吩咐,也不是我仗着这点儿能耐多管闲事。只是男子汉大丈夫,受了人家的好处,不能不尽力报答。"便将自己在红莲寺的遭遇向他说了。常德庆点点头说:"原来是这么一回事,救你的那人姓什么?他为何要去搭救卜巡抚?"陆小青说:"我那朋友原是不肯露面的,他姓柳名迟。据他说,他师父姓吕名宣良,绰号'金罗汉'。他师父好像在江湖上有些名声,大约你老人家也认识。"常德庆睁开两眼望着陆小青说到这里,仿佛忍耐不住了的样子。

欲知后事如何,请听下回分解。

第十二回
常德庆逞凶遭戏弄

常德庆摇着手说："不用往下说了！我不但认识他，并且时时刻刻想见他，只是见不着他。今天有他的徒弟来了，怎么能当面错过。我愿意出力替你们帮忙，一同到红莲寺去。"陆小青不知道昆仑派与崆峒派积有仇怨，也听不出常德庆的话来，以为他真肯出力帮忙，当下喜不自胜地引常德庆走回来。走到与柳迟分手之处，却不见柳迟的踪影了，陆小青叫了几声"柳大哥"，也不见柳迟答应，却只听到他的声音，和一个年轻女子的声音，在树林里说话，并有一个小男孩的声音夹在里面说笑。但不知是什么缘故，总见不着他们的面。陆小青说："听说有种狐狸精，最会迷惑少年男子，采取元阳。难道柳迟遇着那一类妖精了？"常德庆哈哈大笑说："什么狐狸精，这是那小子有意在我跟前卖弄神通。我不知道你是吕宣良的徒弟便罢了，既然知道你是那老贼的徒弟了，今日狭路相逢，一定不会放你过去！"说罢，举左手向树林中一照，随手起了一个霹雳，只震得山摇地动，树林一起一伏。陆小青惊得浑身发抖起来，心里才明白常德庆是和柳迟的师父有仇，怪不得柳迟不肯露面，不由得十分懊悔自己不该鲁莽。

陆小青心里一着急，就不知不觉地双膝朝常德庆跪下来，说："柳迟是我的救命恩人。他和你没有仇怨，何必跟他过不去呢？"常德庆满面怒容，还没回答，就见一个年约十二三岁的小孩子，从树林中走了出来。那孩子的身法真快，还相隔两三丈远近，只见他头一低，双脚一垫，已比箭还急的，对准没提防的常德庆怀中撞过来。常德庆知道不妙，想躲闪已经来不及，"哎呀"都不曾叫出，已被那孩子一头撞中胸膛，一个仰天倒栽葱，骨碌碌滚到了山下。那孩子又在常德庆背脊朝天的时候，饿鹰扑兔似的扑过来，用脚尖在常德庆背脊上一点，恰好点在穴道上，常德庆禁不住身体一软，浑身失了知觉，不但全身的本领施展不出来，连法术和多年苦练的飞剑，也因被那小孩儿在无意中点着了穴道，一点儿也不能使用了。只听到那小孩儿在背上笑着说："你这个臭叫花，真自不量力！会一手掌心雷，就随处拿来献丑。我们坐在树林里说话，与你这臭叫花有什么相干，平白无故地下这种毒手。我若不取你的狗命，你也不知道你小爷爷的厉害。"常德庆觉得头顶上的乱发被小孩儿抓住了，身不由己地被小孩儿提了起来。就在这时候，听到山腰里有娇滴滴的女子声音喊道："弟弟放手吧，这叫花不是外人，原是我们家里的小伙计。你放下来问他，为什么下毒手打人？"常德庆等那小孩儿放了手抬头看时，不由得两眼冒火，七窍生烟。原来山腰里的女子，不是别人，正是背着父母跟丈夫私逃的甘联珠小姐。

　　想当初甘二娭驰的性命，虽然是断送在吕宣良的神鹰爪下，但当日若不是甘联珠背父出逃，吕宣良帮助桂武，又怎么

常德庆受制于孩童

会闹出那种惨事来？今日用掌心雷去劈柳迟，想杀了吕宣良的徒弟，以消消胸中的恶气，谁知这贱丫头偏巧也到这里来，还被这小鬼头欺负了。常德庆将心一横，仰面向甘联珠骂道："我想不到你这贱丫头还有脸来见我！我不把你杀死，你祖母死不瞑目！"说罢，一拍后脑，只见一道金光射出，直向甘联珠头上飞去。说时迟那时快，那小孩儿笑嘻嘻地从脑后射出一道白光来，对准那金光横截过去。常德庆一见白光射出，知道敌不过，忙伸手将金光招了回来，对那小孩儿作揖，说："好本领，让我佩服！请问尊姓大名？"小孩儿也伸手招回了白光，笑着说："你打算问了我的姓名，好日后报仇雪恨吗？我也不怕你，我姓陈，名继志，红姑就是我的母亲。我母亲知道你这臭叫花为甘家报仇，要害金罗汉徒弟的性命，特派我和表嫂来救的。你知道吗？"常德庆叹了一口气说："昆仑派有这么多的能人，哪能不强盛？"说完弯腰拾起拐杖，一颠一颠地走了。

且说甘联珠见常德庆走后，向树林中招了柳迟出来，说："你此时用不着先到红莲寺去。我想常德庆受了这番凌辱，知道有能人在，他是与红莲寺贼秃通气的，必定去红莲寺报信了。我奉了姑母的命，和表弟到这里来，就是要借常德庆的口，去说给红莲寺的贼秃听，所以才这般行事。"柳迟问："现在卜巡抚还被困在红莲寺里，不怕那些贼秃杀了他泄愤吗？"甘联珠笑着说："那些贼秃若能把卜巡抚杀死，还等到此刻吗？"柳迟不懂这话怎么讲，正待发问，只见陆小青从树林中探头探脑地走了过来。柳迟向陆小青引见了陈继志和甘联珠,又笑着说:"我到底还是非露面不可!"甘联珠说:"在常德庆跟前露面,是不碍事的。常德庆为甘家的事向你寻仇,我不能坐视不管。崆峒派的人就算不讲道理,也不能因此结怨。"陈继志对甘联珠说:"我们的事情已完了,回去交差吧。"甘联珠带着陈继志已走了几步,忽然回身说:"还有一句要紧的话,忘记向你们说。"柳迟忙问什么话。甘联珠说:"你们知道那些贼秃将卜巡抚藏在什么地方吗?"柳迟说:"我正着急不知藏在什么地方。偌大一个红莲寺,又有地洞和机关暗室,寻找起来很不容易。"甘联珠笑着说:"就在那左侧廊檐底下的铜钟里面。"陆小青听了,笑着说:"原来就在那里面罩着吗?我昨夜还在钟的左右徘徊了许久,因看见殿上有鬼魂出现才走开的呢。"甘联珠说明了这话,带着陈继志走了。

　　柳迟同陆小青遵着甘联珠的话,在路旁等不多时,便见赵振武统率一大队兵马,风驰电掣般地来了。一同杀奔红莲寺时,果然满寺的僧人早走得不见了踪影。众人扛起那口铜钟救出卜巡抚来,卜巡抚已被闷得奄奄一息了,灌救了一会儿才醒来,说已三日不沾水米了。

　　原来八月十三这日,卜巡抚走出衙门,私访民间疾苦,没想到在郊野遇到红莲寺的和尚做不法之事。卜巡抚暗地里追踪这和尚,不料被发觉,又被认出身份,由那和尚捉到了红莲寺。到了寺里后他更加清楚地看到这红莲寺原来是一处十分肮脏的场所,世人不过是被和尚们做的一些表面文章给骗了。红莲寺方丈知圆和尚威逼利诱,要卜巡抚在此处立刻出家,否则便杀他灭口。这卜巡抚是宁死不从。知圆和尚见苦劝无效，便让手下小和尚去将卜巡抚弄死，因甘联珠和陈继志暗中阻挠未能成功，反以为是卜巡抚官居极品，所到之处有百神呵护，命不该绝。但知圆和尚仍不愿留他在人世，就叫手下小和尚将卜巡抚罩在左侧廊檐底下的铜钟里面，想将他活活闷死。若柳迟同陆小青再晚些时候来，恐怕这卜巡抚的性命就保不住了。

到了这里，不得不说一说这知圆的来历和这红莲寺的历史了。

知圆俗家姓杨，原籍河南人。他父亲单名一个幻字，二十五岁时就点了武状元，喜好结交海内豪杰之士。杨幻有祖传的产业，原本很富有，但由于他喜好结交海内豪杰，仗义疏财，以致家产被赠送得精光了，他只得离开原籍出门访友。这时杨幻已有了五十多岁，只有一个儿子名从化，年已十六岁了。杨从化得他父亲传授的武艺，虽赶不上他父亲那般高妙，但一般人也没有能敌得过他的了。杨幻父子到处游行访友，一日在陕西境内遇到了一个和尚，这和尚法号无垢，俗名田义周，他的父亲与西安报恩寺的雪门和尚是同门，他当然也有着十分高强的道行。无垢和尚见杨从化根基不俗，当场便收下杨从化做徒弟。之后，无垢和尚带着杨从化回到了他的清修之地，乃是位于湖南长沙、浏阳交界之处的一所寺庙，叫作红莲寺。

这红莲寺里，已有十来个和尚，都是无垢和尚的徒弟。寺里虽供奉了佛像，但并不开放给俗人烧香礼拜。无垢和尚在寺里的时候，每日由无垢率领着众和尚做几次照例的功课。一到夜间关闭了山门,无垢便率着众和尚练习武艺。杨从化聪明出众,武艺本来在众和尚之上,无垢更特别喜爱他,尽力把自己的能耐传给他。杨从化没有六亲眷属,心无挂碍,除学做佛堂功课以外,能专心致志地练习武艺。无垢在众徒弟中,最喜爱杨从化,也最信任杨从化。因此寺中有许多秘密,众和尚都不知道,唯独杨从化知道。

原来无垢另收有一个徒弟,名叫张汶祥。这个张汶祥,武艺高强,性情豪侠,实在是一个数一数二的好汉。但他并没像常人那样靠一身好功夫去建功立业,以求封妻荫子,却结交了四川的盐枭,成为四川有名的一个匪首。这红莲寺表面虽是无垢募化十方得来的银钱盖造的,实际上是张汶祥出的钱,为他自己将来退身用的。寺里暗室机关造得异常巧妙,房里房外都寻不出一点儿可疑的破绽来。这样建造红莲寺的主意,不是无垢和尚想出来的,也不是他徒弟张汶祥想出来的,这其中还有一个才高八斗、足智多谋的人物在内。这人是张汶祥的把兄,姓郑名时。后文讲到张汶祥刺马故事时还要说到他。

闲话少说,且说杨从化到红莲寺有了半年,知道了无垢和尚与张汶祥的一切秘密。这夜二更过后,杨从化在梦中被人推醒。原来是张汶祥回寺里了,来见这无垢新收的徒弟。杨从化便和张汶祥交谈起来。张汶祥向杨从化说:"我在四川,连我自己有三个把兄弟。大哥姓郑名时,学问渊博,四川的老生宿儒,没一个不钦佩郑时的才华。他不仅文学高人一等,就是行军布阵,谋划定计,古代的名将也不见得能超过他。这几年我在川中的事业声名,全仗他一人运筹帷幄。我和三弟施星标,只是供他指挥驱使而已。不过每次与官兵对垒,都是我奋勇争先,所向披靡,因此我在四川的声名倒在郑大哥之上。郑大哥也知道绿林不能作为终生的事业,但手下有数千同甘共苦多年的兄弟,一旦散伙,他们都找不着安全立足之地,我们于心不忍。"杨从化截住问:"不是大家都说官府曾几次派人来招安,大师兄不但不肯,反把官府派的人杀了的吗?这又是什么道理呢?"

欲知后事如何,请听下回分解。

第十三回

张汶祥意欲走正途

杨从化问张汶祥为何不肯受招安,张汶祥笑着说:"招安两个字,谈何容易。在四川,招安这两字从那些狗官口里说出来,不过想邀功得赏,打算用招安两字骗我们落他的圈套罢了。而且我和郑大哥都抱定一个主意,宁肯跟一个大英雄大豪杰当奴仆,不愿在一个庸碌无能的上司手下当属员。"杨从化点头说:"这种主意,实在不错。不知那位施星标三哥是怎样的一位人物?"张汶祥说:"施三弟嘛,论这人的本领,文不能提笔,武不能挥拳,只是为人诚实,外不欺人,内不欺心。他跟着我们兄弟两个,没有上人家当的时候。若离开我们兄弟两个,他就不行了。"杨从化问:"听说师兄在四川,也时常攻城夺地,将府县官拿住斩首,是不是确有这种行为呢?"张汶祥说:"这不算稀奇。凡是干我们这种行业的,总免不了有与官兵动手的时候。既动手就有胜负,负则逃散,胜则夺取城池。不过只我们这一起的力量大些,从来不曾打败过,所以外面的声名闹大了。"杨从化说:"此刻师兄到这里来了,对那边的事没有妨碍吗?"张汶祥说:"离开很久是不妥的,有郑大哥在那里,大致还可以放心。郑大哥也觉得做私盐不是长久之计，不能不趁这时候积攒几文血汗钱在这里，做将来退步的打算。但是我们三兄弟的声名闹得太大，不能由我们三人出面购买产业，而这种钱上的事又不容易托付人。郑大哥想来想去唯有托付我师父，因他老人家是个出家人，银钱可以由募化得来，不必定有出处。而我们三人将来的下场，十有八九以出家为上策。"杨从化说："我的母亲早已去世，父亲虽健在，也已经是风烛残年，且萍踪无定，今生能否再见，尚不可知。兄弟妻子更是没有，难得有这出家的门路。我打算求师父替我剃度，师兄认为怎样？"张汶祥很高兴地说："贤弟能出家，是再好没有的了。老弟此时的心地，光明活泼，渣滓全无，出家修道是最适合的，快同我到师父那里去。我好将老弟要求剃度的心愿，当面禀明师父。"杨从化欣然答应，随同张汶祥到无垢方丈那里。

这时无垢还不曾安歇，正盘膝坐在禅床上做禅定的功夫。张汶祥轻轻地立在一旁，不敢惊动。好半晌，无垢才出定。张汶祥说："杨师弟动了出家之念。特来求师父给他剃度。"无垢听了，现出踌躇的神气，问杨从化说："你知道出家有什么难处吗？"杨从化说："弟子不曾出家，不知道出家有什么难处。但是，弟子思量出家修行，也只在求放心做功夫。这求放心，说难便难，说易也易，不知道是不是？"无垢听了杨从化求放心的话，便欢喜称赞，认为这是寺里许多和尚所不能及的。次日，无垢就替杨从化剃度了，赐名"知圆"。知圆的天分很高，遇事能得无垢和尚的欢心。寺里和尚也因为知圆的年纪虽轻，文才武艺都高人一等，又是方丈和尚得意的徒弟，大家都争着巴结。知圆在红莲寺做和尚的事，暂且搁下。

再说那张汶祥，在归途上左思右想，越想越觉得现在的处境危险，因此改邪归正的念头越发地强烈。回到四川，他对郑时、施星标二人说："走我们这条道路的人，除了有几个早就洗手不干的，没有听说一个能善始善终的，可见得这条路是不能多走的。依我的意思，还是趁早抽身为好。"施星标向来是个毫无主意的人，听了不开口，望着郑时。郑时笑着向张、施二人说："这些兄弟怎么样，我都不管，我只问两位老弟，现在能出家做和尚吗？"张汶祥说："我说要设法抽身，就是因为现在不能去做和尚，所以说要设法。若愿意就做和尚，有现成的红莲寺在那里，去落发就是了。"郑时说："好嘛，既不能出家，你们可知道抽身就很不容易吗？和我们同道的人，多是偷偷摸摸的，没闹出什么大名声来，只要离了四川，就是行不更名，坐不改姓，也没人知道他的来历。但你我此时声势太大了，就是出家尚且不易，何况不出家呢？"张汶祥说："照大哥这样说来，不是简直不能下台吗？"郑时说："暂时是没有妥当的法子，还要等待时机啊。"张汶祥点头说："我和三弟两人，听从大哥的主张了。"三个人商议之后，并没有改变行动，仍是各人率领手下兄弟做私盐交易。

又过了一些时候，一次与官兵对打起来，官兵败退，盐枭照例攻夺城池。这次攻破了一座府城，将知府全家拿住了。这位城陷被擒的知府，便是马心仪。马心仪的品貌才情，在当时四川全省的官场中是无人能及的。他在四川早有很高

马心仪在府城被擒

的声望,这回因兵力不足,又疏于防范,被张汶祥攻进城来,全家被捉。张汶祥等这部分盐枭,在四川所杀戮的官,尽是平日官声恶劣的。若是爱民勤政的好官,为地方人民所称道的,他们不但不拿来杀戮,而且不去攻打好官所守的城池。马心仪虽有能员之名,对于地方百姓却没有恩德,没有让张汶祥钦敬之处。这日,郑时审讯过马心仪之后,退堂召集张汶祥、施星标二人开秘密会议。郑时先开口说:"前次二弟从红莲寺回来,动了改邪归正的念头。我一直留心寻觅大家下台的机会。刚才我审讯这个知府马心仪,看他的谈吐相貌,很不寻常。我料他将来必成大器。我打算好好款待他,和他结交,求他以后设法招安我们,于我们有好处,于他自己也有好处。我料他为人精干,将来必能如我们的心愿。"张汶祥说:"他若自以为是朝廷大员,瞧不起我们这些私盐贩,不愿意和我们结交,大哥不是白费心机了吗?"郑时摇头说:"我们不杀他,反而殷勤款待他、与他结交,他岂有不愿意的道理?"张汶祥说:"万一离开了我们就变卦,报复我们怎么办?"郑时笑说:"我也想到了这层。不过我料他绝不会有这种举动,我知道马心仪热衷做官,我有方法能帮助他,使他升迁得快,不愁他不落我的圈套。我既有力量帮助他,使他升迁,就有力量陷害他,拉他下马。他一落了我们的圈套,便不能由他做主了。我们是贩私盐的,他为自己的地位官声起见,绝不敢得罪我们。"张、施二人听他这么说,也没有异议了。

郑时便独自到拘押马心仪的所在,亲手替马心仪解开绳索,引他与张、施二人相见。请马心仪上座后,郑时说:"我等绝无相害之心。你在四川做官的名声,我等早已听说过。我等在四川的威望,你大约也有所闻。但是我三人之所以触犯刑法,拼死要做这私盐买卖,全是迫于生计。如果有贤明官府,可怜我等是出于无奈,设法安置我等,我等是情愿效死的。我粗知相人之术,看你的相,将来必定位极人臣,因此不打算害你,并愿尽我的能力帮助你,使你宦途平坦,一路升迁上去。不过你得答应我一句话。"马心仪问道:"答应你什么话?你先说出来。"郑时说:"就是我先帮助你升迁,你升迁之后,再尽力帮助我们。我们不是不知自爱的人,到时绝不会为难或拖累你。"马心仪说:"你有什么能力,能使我宦途平坦,一路升迁上去呢?"郑时笑着说:"这倒是一件易如反掌的事。你答应了我的话,我自然要做给你看。"马心仪暗想:这话倒爽快,他既能先帮助我升迁,我升迁之后再帮他,对我是有益无害的事,怎么答应不得呢。当下便答道:"我真能宦途平坦,一路升迁上去,将来一定尽力帮助你们出头,绝不食言。"郑时说:"好,大丈夫一言既出,驷马难追。不过你若真心打算将来帮我们出头,此刻就不应该心存贵贱高下的念头,要与我们三兄弟结拜。我们绿林中人最看重结拜,一经结拜,便可共生死,永远没有悔改的。你肯和我们结拜,才能显出你的真心。"

马心仪是个做知府的人,哪有真心和盐枭结拜为兄弟呢?但是他怕不结拜会惹怒这些人,丢掉性命,便立刻答应了,只是恳求结拜的事不要传出去,以免对双方不利。郑时当然也明白他的难处,哪会不同意呢。当下双方说妥了,就点烛焚香,四人对天结拜为兄弟。论年龄,马心仪最大,郑时、张汶祥次之,施星标最小。郑时原是做大哥的,此后的大哥就让马心仪做了,各人都降了一级称呼。四人结拜过后,郑时安排了丰盛筵席,算是庆祝成功。

次日郑时定了一条计策,教马心仪改装成一个粗人,带了知府的印信,由施星标护送出城。后马心仪去招募四乡的团练,很快就聚集了一千多名高低不一、老幼参差的团练兵。马心仪誓师出发,半夜动身,不到天明就抵达城下,将一座城三方面包围起来,抬枪一齐向城上放,城上也噼噼啪啪地对打。只吓得这一城的百姓,一个个从睡梦中惊醒,儿啼女哭,夫叫妻号。郑时依照原定的计划,假装大败,率众弃城从南门逃走。马心仪进城分了一半团练兵,留在城里假作搜捕余匪,亲自带了一半团练兵,追赶出城。真是齐打得胜鼓,高唱凯还歌。一府城的人民无不称赞马知府的神勇,没一人知道其中内幕。官场中最会铺陈战绩,已经被盐枭占领了的城池,居然能在一天之中收复回来,不知道内幕的人不能不恭维马心仪有胆有略。马心仪有了这番的战功,更得上官信任,官运果然更加亨通了。他屡次迁升,不到一年工夫,就升到了山东藩台。而竭力提拔他的人,就是清室中兴的名人曾国藩。曾国藩十分器重马心仪,存心要提拔他出来,好做自己一个帮手。

马心仪不到一年就升到山东藩台。而郑时等一班盐枭,后来被官兵打败了两次,损失惨重,三兄弟每人手下所存留的只二三十个人了,尚且被官兵追赶得无处立足。郑时只得率着残败的兄弟逃进一座深山,向张、施二人提议说:"想不到我们假败弄成了真败,以致热烘烘的基业,没一年就败到这步田地。我们此刻想再恢复以前的基业,等马大哥招安,是办不到了。我想马大哥现在在山东,名位不小,若有心照顾我们,并非难事。我打算教施四弟先去山东找马大哥,我再详细写一封信给他。不知两位老弟的意思怎样?"

欲知后事如何,请听下回分解。

第十四回

马心仪背信出奸情

张汶祥听了郑时的话，犹豫了一会儿，说："现在也只好如此。但是我总觉得马大哥是做官的人，不见得可靠。四弟为人诚实，没有多大的才能，不招人注意，他先去试探一番最好。四弟到山东见了马大哥之后，看对待的情形如何，写一封详细的信来。他若拿四弟当自己人看待，我和二哥便不妨前去。若他摆起官架子来，不认四弟为把兄弟，或十分冷淡，我们就只好另寻门路了。"三人商议妥当后，施星标收拾了随身包裹，带了郑时写给马心仪的信，即日动身去了山东。

施星标一路不停留，很快到了山东，见到了马心仪。施星标见面几乎不认识马心仪了，因为初次见马心仪的时候，马心仪正在困境之中，满脸憔悴之气，现在马心仪官运亨通，仕途得意，已养成一个大胖子了，气度也与从前迥然不同。施星标向马心仪述说了分别后他们三兄弟的遭遇。马心仪看了郑时写给他的信，招待了施星标一番，叫他先住在藩台衙里。没住到几个月，山东巡抚出缺，马心仪便迁了巡抚，叫施星标当了一名巡捕。施星标几次想寄信给郑时和张汶祥两人，但从山东到四川的道路太远，托人带信不容易，而施星标自己又不会写字，他们的秘密关系又不能给外人知道，不敢请人代写，所以施星标到山东一年多了，还没有一封信给郑、张二人。

郑、张二人在四川的势力一日不如一日，一直盼望施星标在山东的消息，等了七八个月，还杳无音信。郑时只得将手下的兄弟，每人给了些生活银两遣散。郑、张二人都无妻室，手下的人遣散了，就不在四川逗留了。二人改了名字，假装做生意的人，带了盘缠行李，打算在东南各省闲游几处名胜，顺便探听施星标在山东的情形。若施星标在山东还不错，就到山东去走一遭。二人在重庆包雇了一条船，一路顺流而下，遇着可以流连游览的地方，便将船停泊，游览几天再走。

一日夜里，他们在湖北遇到一客船被劫，上前搭救，救出一对姊妹。两姊妹都是修眉美目，皓齿朱唇，天然绝丽。姊妹中大些的叫柳无非，小些的叫柳无仪，本是绵州知州柳儒卿的女儿，因父母病故，携带丫头春喜去南京投奔姨父母，不想在湖北遇到强盗，险些被污辱身体，蒙郑、张二人相救，自然是感激万分。郑时对于一切的事，极精明能干，唯独对女色十分迷恋。郑时将自己和张汶祥的来历，随口编造了许多好听的说了。郑时说，自己也是大家公子出身，因读书进学之后，无意科名，又生性喜欢游览，就借着经商好游览天下名山大川。郑时本来就学问渊博，此时更有意炫耀。柳无非姊妹不由得佩服得五体投地。柳无非因为她姊妹刚才已经被强盗剥得一身精光并捆缚了，是由郑时亲手解开的，有这一

张汶祥、郑时搭救柳氏姐妹

层关系，心里对郑时就不知不觉地亲热了。后来柳无非因自己曾赤身露体与郑时接触，更钦佩郑时的学问好，竟不嫌郑时年老，愿将终身许给郑时。郑时是没有家室的人，自是很愿意了。张汶祥心里不以为然，却又不便阻拦。郑时和柳无非又商量，将柳无仪配给了张汶祥。张汶祥碍于郑时的情面，也没有办法可以拒绝。于是两姊妹真嫁给了两盟兄弟。之后，郑时打算到山东去找马心仪，看马心仪对待的情形，再定去向。柳无非姊妹既嫁了他们二人，去向自然由他们做主。去向已定，众人便往山东进发。

这一日来到了山东，在一家名叫鸿兴的大客栈里住下，郑时先打发人去巡抚部院里将施星标找来。施星标见了郑、张二人，很是亲热。郑时责备他不早给大家写封信，通通消息。施星标连忙解释了自己的难处。郑时当然也并不真的怪他。施星标将马心仪对待他的情形原原本本说了一遍，又觉得自己这样文不能文、武不能武的笨人，都当上了巡捕，二哥和三哥的前程更不可估量。之后郑时又引施星标与柳无非、柳无仪见面。施星标见无非姊妹都生得这般艳丽，险些看痴了，便赖着郑时也给他物色一个称心人儿。

施星标辞别了郑、张二人，回到巡抚部院，即到上房里见马心仪。左右没有了人时，他便凑到马心仪近前说："郑时二哥和张汶祥三哥来了。"马心仪忙问："带多少人来了？"施星标说："没带旁人，只各带了一房家眷。"马心仪这才放下心来，又问："他们不是都没有家眷的吗？怎么各带了一房家眷呢？"施星标随口就将郑、张娶柳氏姊妹的经过，及柳氏姊妹如何美丽的话说了。马心仪低头沉吟了一会儿说："他两人改了名字很好。不过鸿兴客栈里面住的人太杂，种种类类的人都有，在那里住久了，恐怕会遇见面熟的人，传扬开了就坏大事了。你就去向他两人说，我原想去看他们，亲自接他们到院里来住，只因有许多不便的地方，不能随意行动，望他们原谅。今日就将家眷、行李都搬到这里来。"施星标见马心仪这么说，心里说不出的高兴，连声代郑、张二人道谢。

就在这日，施星标帮着郑、张二人将眷属、行李都搬进了巡抚部院。马心仪与郑、张二人相见时，只寒暄了几句，便有事走开了，好在有施星标督率着下人安置一切。直到夜间，马心仪才安排了筵席，在上房款待郑、张及柳氏姊妹。马心仪的六个姨太太，都对柳氏姊妹十分亲热。而施星标在帮着搬行李的时候，看见春喜丫头了，也不知不觉地动了爱慕之心。后两日里经过郑、张二人撮合，这段姻缘便成了。马心仪听说，赏给施星标二百两银子做结婚费，郑、张二人也都有馈赠。于是施星标兴高采烈地和春喜结起婚来。施星标是个有职务的人，结婚后仍照常供职，也没另租房屋。春喜夜间陪他睡觉，白天不在柳氏姊妹房中闲坐清谈，便在上房陪马心仪的几个姨太太寻开心。施星标一心求马心仪栽培提拔，无时无地不想得马心仪的欢心。

马心仪最宠爱的，是新讨来的六姨太。六姨太容貌并没有惊人之艳，只是应酬的本领高强，一张嘴伶牙俐齿，能遇一种人说一种话，而且心思细密，事事处理得妥妥当当。马心仪的大小家政，多半归六姨太掌握。满衙门的人，没有不巴结六姨太的。春喜是当丫头出身的人,不用说最会逢迎人,在六姨太房里周旋的时候也最多。马心仪是个纵欲无厌的人,六个姨太太还不能满足他的欲念,见春喜生得有几分动人之处,便串通六姨太勾引春喜。六姨太出身戏班子,引诱妇女的手段,自是高人一等,毫不费事地便将春喜引诱成奸了。施星标是个粗人,又轻易不敢到上房里走动,哪有察觉的时候呢?马心仪与春喜通奸了一两个月,喜新厌旧的毛病又犯了,对柳氏姊妹动起了心思。春喜想迎合马心仪,便和六姨太商量,由六姨太设定了一个圈套。一日六姨太称自己的生日到了,请柳无非过去喝酒。郑时本来不愿意柳无非去,但考虑到以后还要与马心仪相处,只得答应了。酒宴上柳无非禁不住六姨太一再劝酒,不久就醉了。而那酒里也早已被下了药,柳无非遂被马心仪玷污了。柳无非本性上不是贞烈女子,而且马心仪最会在妇人跟前做功夫,柳无非一落他的圈套,便觉得他是个多情多义的人,从此二人便暗地里私通了。之后马心仪又用同样的法子,将柳无仪也弄到了手中。柳无仪因张汶祥是一个武人,不喜近女色,夫妻之乐领略得极少,心里有些怨恨,因此也顺从了马心仪。

然而这通奸的肮脏事,做得久了总会被发现的。一日郑时无意中窥见了马心仪与柳氏姊妹在做那苟且之事,顿时气得发昏,就想要拖一把快刀,冲进房去将马心仪和柳无非都一刀杀死,然后回刀自杀,但是又转念想:"为这种淫贱妇人,送了我的性命,真是不值得。但是那淫贼疑心被我识破了,便很危险了。为今之计,除了我和三弟偷逃,没有别的办法。

不过我和三弟忽然潜逃,那淫贼心里肯定明白。那淫贼知道我和三弟的来历,肯定不会放过我们了。"郑时如此翻来覆去地想了好一会儿,一时想不出什么好方法来。后来见了张汶祥,郑时知道他性子暴烈,怕他知道后忍不住会找马心仪拼命,一时也没告诉他此事。只是郑时自己心中郁闷,几日里都过得不安。

这夜三更时分,郑、张二人忽然被春喜叫醒,带到了签押房,这房是马心仪办机密公事的场所,外人不能进去的。在房里马心仪和施星标两人对坐着,都现出忧愁的脸色。马心仪皱着眉对郑时说:"真是世事难料,刚才收到了四川总督衙门来的一件公文,我给二弟瞧瞧。"说着从袖中摸出一封公文来,顺手递给郑时。郑时看了一遍,双手奉还马心仪。马心仪苦着脸说:"他们怎么会知道二弟到了山东呢,这公文一来,真教我为难了。我知道二弟是个足智多谋的人,所以特地请你来,看这事应该如何对付。我们自己人,什么话都好说,用不着客气。"郑时说:"这有什么不好对付的,这公文上面说了:或是拿住押去四川,或是拿住就地正法。我现在就在此地,两条办法,听凭大哥取一条就是,我看最好还是就地正法。"马心仪做出不愿意的样子,说:"我若是存这样的心,也用不着请二弟来了,不要见外,另想个方法吧。"郑时说:"那就求大哥给我一点儿盘缠,我们自寻生路去。你回文说查不着就是了。"马心仪沉吟了半晌,点头说:"大概只有用这方法对付最妥当了。"郑时表面做出从容的样子,心里却和刀刮一般。回到西花厅,张汶祥就拉住郑时,问:"那四川总督衙门的公文是特地来捉拿我们的吗?"郑时点头说:"与你无关,公文上只有我一个人的姓名,这一天我早几日就想到了。"张汶祥问:"公文还没有来,你就想到了吗?却为什么不打算早走呢?"郑时长叹了一声说:"人心难测,像这样的人心世道,我实在不高兴再活在这世上了。"张汶祥急着说:"二哥这话怎么讲?半吞半吐的,简直要把我急死了。"郑时挽了张汶祥的手,走出西花厅,来到一处僻静地方。

欲知后事如何,请听下回分解。

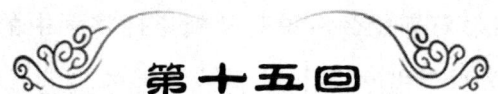

第十五回

 使毒计马心仪赠银

郑时对张汶祥低声说:"你以为这公文真是从四川总督衙门来的吗?在四川一切的事都是由你出面做,知道你的人,当然比知道我的多。而这公文里只有我一个人的名字,你和老四都没有提起。为何四川总督就只知道有我呢?"张汶祥说:"那公文究竟又是怎么来的呢?"郑时忍耐不住,便将柳氏姊妹和马心仪通奸的事讲述给张汶祥了,只气得张汶祥浑身发抖,就要去杀那狗男女。郑时好大一会儿才将他劝住,说:"淫贼今夜这番举动,便是打算将我们撵跑。我们到了今日,也只有先逃离此地,免得遭了他的毒手。"张汶祥说:"那我们就趁今夜悄悄地走了完事,且看他们这狗男女,究竟能快乐多久。"

二人正在说话,忽然听到施星标的声音,"二哥、二哥"的一路从里面叫了出来。郑时连忙答应。二人回身走到西花厅,只见施星标手里托着一包似乎很沉重的东西,愁眉不展地向郑时说:"真是做梦也想不到忽然会有这么一回事。"张汶祥叹了一口气,正要答话,郑时忙紧捏了张汶祥一把,抢着答道:"虽然有公文,但我们有大哥这般的靠山,还怕什么。

是大哥教四弟来有什么话说吗？"施星标将手中的包儿递给郑时，说："大哥口里不说什么，但我看他的脸色，也像很为二哥这事着急的样子。这包裹是大哥叫我送给二哥的盘缠纹银二百两。大哥说，他还有要紧的话和二哥说，只是院里说话不便，教二哥到鸿兴客栈里停留半日再走，他改装悄悄地前来相会。"张汶祥忍不住问："为什么此时不到这里来，或叫二哥到签押房去呢？"施星标说："大哥必定是因为在这里说话不便，所以改装到鸿兴客栈去。"这时郑时因伸手接那银包，没握着张汶祥的手，听张汶祥这么说，很着急地抢着说："大哥考虑周密，不会有差错的，我本应上去道谢，只是此时夜已深了，大哥白天事多，恐怕打扰了他的清睡。不过托四弟转达几句话：公文上只有我一个人的名字，只我一人避开，便可无事，家眷不方便与我同走，我将内人寄居在大哥这里，求大哥照顾。"施星标说："二哥太客气了，我们都是自家兄弟，二嫂留在这里，用不着二哥嘱托，大哥也会尽力照顾的。"郑时又说："四弟上去回大哥的话，顺便说三弟为人疏散惯了，在这里打扰了这么久，现在也想到别的地方走走。这样他的家眷也是要寄居在这里的。"施星标客气了几句，就回身复命去了。

这夜二人等到天明，就不动声色地走出了巡抚部院，来到鸿兴客栈。郑时和张汶祥商议说："我仔细想想，你我命里和妻、财、子、禄都无缘。幸亏当日经营了一个红莲寺，从此我们就出家不问世事了吧。我在这里等着，你去街上买两件随身换洗的衣服和路上应用的东西。马心仪来过之后，我们

郑时自知大祸临头

就起程。"张汶祥应着"是",带了银两出来,匆匆忙忙买了些东西,连同银两放在一个包袱里。忽然他觉得有些心惊肉跳,不敢多耽搁,急忙回头向鸿兴客栈这条街上走来。

离鸿兴客栈还有半里远,忽然看见前面有无数的人,如潮涌一般奔来,显得纷乱不堪。张汶祥正想叫住一个人,问他们为什么惊慌逃跑,忽然觉得背上轻了,反手一摸,不见了包袱,不由得一惊,急忙回头,看到一人正提了那个包袱向前狂奔。张汶祥毫不迟疑地返身追赶,紧追了几步,忍不住喊说:"呔,该死的小贼,你抢了我的包袱,打算跑到哪里去?"那人听到张汶祥这么一喊,回头望了张汶祥一眼,跑得更急了。两人的脚步都迅捷如风,很快便到了城外,但张汶祥一直追赶不上。而那人见张汶祥跟不上了,就故意放慢脚步,像是故意气张汶祥。张汶祥又追赶了一会儿,看见那人进了前面一个庙宇。张汶祥心里才忽然想到,难道这个抢包袱的人,是故意引他来此地的?

张汶祥走进庙门,只见这人瘆病鬼似的,穿着一件破烂不堪的衣服,左手提了根一尺多长的旱烟管,右手拿着一个酒葫芦,正用嘴对准葫芦,仰面咕咚咕咚地喝酒。喝了这口酒,又将旱烟管送到嘴边呼呀呼地嘘几口烟,见张汶祥走来,他也不理会。张汶祥在江湖上混了多年,知道遇到了异人,自然不敢怠慢,当即上前作了个揖,说:"老丈特地把我引到这里来,请问有什么见教之处?"这人抬头白了一眼张汶祥,说:"现在不骂我是该死的小贼了?"张汶祥笑着说:"那是我的两只肉眼不争气,还请见谅。请问老丈,刚才那许多人为什么那么惊慌逃跑？"这人说："我也弄不清楚，我有一个朋友初到山东来，住在鸿兴客栈里。我今天和我朋友见面，彼此谈论得非常高兴。忽然听到外面人声嘈杂，那朋友拉我出房看看是什么事。不看尚可，一看险些把我吓死了。原来挤满了一客栈的兵，刀枪眩目，威势逼人，就在隔壁房间里，据说捉拿江洋大盗。一会儿便拖出一个人来了，我看那人哪里像江洋大盗，分明是一个很儒雅、很漂亮的斯文人，拖出来连话都没问一句，就在客栈门口杀了。那些兵又说逃了一个，大家仍回身到各房间里搜查。他们这样不问情由地抓住就杀，你说谁不害怕，自然一个个都向外面逃跑。一半兵在客栈里搜查，一半兵跟着逃跑的人追出来。过路的人不知道什么事，也吓得乱跑。我怕得最厉害，所以跑得最快，看到你了，临时见财起意，取了你这包袱，谁知你这么小气，拼命跟着追赶。"

张汶祥知道事情不妙，心里像刀割一般难过，问："你可曾打听杀的那个江洋大盗姓什么？"这人摇头说："杀的人是鸿兴客栈的熟客，和现在山东的马抚台是亲戚。大家都因为他确实是一个斯文人，料定他死得很冤枉。"张汶祥听到这里，脸上不由得变了颜色，两眼同时忍不住流下泪来。这人见张汶祥流下泪来，惊异地问道："难道杀死的是你朋友吗？要不你哭些什么？"张汶祥知道这人是个有来历的，之所以偷他包袱，是恐怕他回鸿兴客栈去自投罗网，有意将他引出城来，暗中救了他的性命，便随即向这人跪下，说："我早知你老人家是异人，这番救我的盛意，我也明白了。你老人家既能救我,我和郑二哥在督抚衙门里面的事,你肯定也是很清楚的了,现在我郑二哥既屈死在那人面兽心的淫贼手里,我求你老人家指引我一条报仇的路,我的性命可以不要,这仇却不可不报。"

这人忙伸手将张汶祥扶起来,说:"那郑时自谓经纶满腹,原来也不过是一个好色之徒,将落难之女骗做老婆。这样的人,你还提什么报仇的话。"张汶祥听了,说:"话是不错,我郑二哥好色贪淫,确有应得之罪,但无论如何,不应该是死在忘恩负义的马心仪手里。我必报此仇,至死不悔。"这人忽然现出欣笑的样子来,说:"名不虚传,果然是一个义烈汉子。你决心替你郑二哥报仇,是义烈汉子所应当有的举动。不过你的力量有限,这仇只怕你一时报不了。"张汶祥说:"寻常的仇恨,我会估量自己的能力是否报得了。至于兄弟之仇,是顾不了许多的,哪怕因报仇送了性命,我也甘心,毫无怨悔。并且我看马心仪那淫贼,除了官高势大之外,一点儿能耐没有。我的本领虽不高,但对付那淫贼,还勉强能对付得下。我只要报了仇,便已完了心愿,也不想在人世苟且偷生了。"他说话时义愤填膺,两眼几乎要冒出火来。

这人摇着手,从容地说:"这些话你不说,我也知道。你报了仇再死,我相信你是没有怨悔。只是若你的仇还没报,反被仇人把你的性命害了,你甘心不甘心呢?"张汶祥说:"我在淫贼衙门里住的时候不少了,那淫贼是个手无缚鸡之力的人,满衙门的人也没有一个本事高强的。我想取这淫贼的性命不会太费事。"这人笑着说:"谈何容易,这只是你一厢情愿的话。你可知道此刻有个本领比你高强十倍的人在暗中保护那淫贼吗?"

张汶祥不由得露出惊疑的神色,问:"是什么人在暗中保护他?像这样的衣冠禽兽,有大本领的人为什么不杀他,反在暗中保护他?也太不分青红皂白了。"这人说:"各自有各自的交情,不能一概而论。这暗中保护那淫贼的是谁呢?我不妨说给你听,这其间有一段因缘,不仅你不知道,就是马心仪本人也不知道,并且连在暗中保护马心仪的人自己都不知道。"张汶祥说:"这就奇了,既是大家都不知道,到底是怎么一回事呢?"这人微微地点头说:"自然有知道的人。我说出来,你就明白了。五六十年前,今天江湖上人人敬仰的沈栖霞师父还是一个普通的小尼姑,曾受过马心仪母亲的大恩。虽隔了几十年,但沈栖霞总觉得受了马心仪母亲的好处,应该报答,无奈没有机会。直到现在,她推算到报答的机会到了,特打发她的徒弟赵承规,到此地来暗中保护马心仪。她这个徒弟的道法虽不算高强,但平常人也休想打得过他。据我观察,你的本领是远不如他的。"张汶祥诧异地说:"这就奇了,马心仪今日才杀我郑二哥,我因他杀了我郑二哥才存心报仇,这只是顷刻之间的事,为何沈栖霞师父早已打发人前来保护呢?"这人笑着说:"这倒不必惊讶,我既然受人委托,前来帮你,只得老实说给你听。你虽不认识我,我却在几年前,就已认识你了。我这番是受了你师父无垢和尚的托付,前来救你的。就因为知道你在激于义愤的时候,必定不顾一切,去寻马心仪报复。沈师父的徒弟赵承规,只知道保护马心仪,他们并不明白你为的是怎么一回事。你这样把一条命送在他们手里,岂不冤枉?"

张汶祥忽然立起身来,说:"你老人家是不是孙耀庭师叔?"这人点头笑着说:"你怎么知道的?"张汶祥连忙叩头下去,说:"我时常听得我师父说,孙师叔的神通了得。只恨我每次到红莲寺,总是来去匆匆,并且多在夜间,因此无缘拜见。我师父在红莲寺不大与外人结交,只和孙师叔有些来往,而听你老人家说话,又是浏阳口音,所以你老人家说出受了我师父托付的话,就知道必是孙耀庭师叔无疑。"

欲知后事如何,请听下回分解。

第十六回

报兄仇张汶祥刺马

张汶祥终于明白了来救他的人是孙耀庭,这孙耀庭是谁,我们有必要说一下。

这个孙耀庭,也可算得是一位奇侠。他是浏阳县人,因小时候生了满头的癞疮,浏阳人都叫他孙癞子,和无垢和尚感情很好。他早年因为机缘巧合,被峨眉山的祖师毕南山收为徒弟,学得了高强的道法。后因年轻气盛,犯了件错事,被毕南山驱离峨眉山,后做了几件侠义之事,在江湖上也颇有名望。某日他正在金鸡岭修炼,无垢和尚派徒弟知圆来找到他,称有要紧的事,请他去红莲寺。原来无垢和尚算到了张汶祥去山东后会遇上劫难,凶多吉少,很放心不下,想亲自去山东救他,无奈路途太远,往返需时太多,而这寺里又抽不开身,所以只得请孙癞子来商量,看孙癞子能否替他去山东走一趟。当下孙癞子便去了山东。他已经用隐形术暗中观察张汶祥好几天了,也发现了暗中保护马心仪的赵承规。今日孙癞子先是用计引张汶祥出城,以防他去自投罗网,又将有高人暗中保护马心仪的消息告诉张汶祥,竭力劝他莫去报仇丢掉性命,以不辜负无垢和尚所托。

张汶祥问明了孙癞子的来历,忙起身向孙癞子一躬到地,说:"难得你老人家不远千里前来救我,这恩德只好来生做牛做马报答。但我与郑时在十年前结拜,发誓共生死。今日他死于马心仪这淫贼之手,我是绝不与马心仪两立的。我也知道要杀马贼不是容易的事,不拼着不要自己的性命,是不能取他性命的。"孙癞子说:"这事干不得。我受你师父所托到这里来,是要劝你趁这时候去红莲寺出家。以前的事,一切都不要放在心上了。像马心仪这种恶人,到时他自有恶报。你此刻要报仇,不要说做不到,就是做得到也不值得。"张汶祥正色说道:"你老人家和我师父的好意,我感激万分。但我心意已决,不报此仇,誓不为人,值得不值得我不管了。"

孙癞子见张汶祥一腔义愤,也不由得心中钦佩,连连点头说:"大丈夫交友处世,本应如此。但是我还是劝你趁此时回红莲寺去,一则是受了你师父的托,不得不这么说。二则马心仪此时死期未到,有本领高强的人在暗中保护他。仇报不了,反把性命送掉的事,不是聪明人干的。"张汶祥听了,似乎不耐烦的样子,将那包袱提在手中,说:"官做到了督抚,要等到没有人保护他,除非是他死了。我拼着不要自己的性命,也要去报仇。现在郑大哥惨死鸿兴客栈,还没人去收尸埋葬。我包袱里还有一百几十两银子,先去打点他的后事再说。"孙癞子忙摇手阻拦:"去不得,去不得!去就白送一条性命,你知道此刻官府正关了城门捉拿你吗?"张汶祥忍不住流泪,说:"我不去装殓郑大哥的尸首,心里怎么过得去呢?"孙癞子说:"这事你不用着急,我可以代劳。只是你千万不能在此地停留,就是要报仇,也得等马心仪的防范疏忽了,才能下手。"张汶祥心想:孙癞子受了我师父之托,前来劝我回红莲寺,自然不主张我去冒险。大丈夫做事,既然不求他帮助,何必和他多说,口里答应他便是了,免得唠唠叨叨地说得我心乱。当下就对孙癞子说:"你老人家能代我去安葬郑大哥,我非常感激。此时城里正在捉拿我,我绝不前去送死。不过我自己还有一点儿私事没做,不能离开山东。你老人家安葬了我郑大哥之后,请先回浏阳去,我随后就来。"孙癞子知道张汶祥报仇之心已决,这是随口敷衍的话,也不好再往下说。张汶祥对孙癞子行了个礼,一面擦着眼泪,一面提着包袱走了。孙癞子并不问他去哪里,也提了酒葫芦旱烟管,回身走进城来。

孙癞子先到棺木店里买了一具棺木,叫人抬到鸿兴客栈来,看郑时的尸首,还躺在鲜血之中。孙癞子刚要让人将郑时的尸首移进棺内,只见前面又有人抬着一具棺木来了,棺后还跟着一个骑马的大汉。原来是施星标念及四川结拜之情,跪求马心仪恩准收尸安葬,所以亲自前来装殓。孙癞子见有人来装殓,便不再管安葬的事了,一转身就从人丛中走了。

马心仪杀了郑时,吓走了张汶祥后,很得意地将柳无非收为七姨太太,柳无仪收为八姨太太。他心里虽然也想到了张汶祥会前来寻仇报复,但是觉得张汶祥不过匹夫之勇,自己有这么高的地位,有无穷的人保护,绝不是一介匹夫所能报复的,便亲自挑选了几十名亲兵,夜间轮流在前后院把守,以后就安心上了。马心仪又对施星标说是因为四川总督的公文来了,不能不将郑时就地正法,杀了郑时一人才可以保得住施星标的性命,不然施星标是免不了受牵连的。施星标信以为真,反而感激马心仪是存心开脱他的死罪,以后更加小心谨慎地在马心仪跟前当差。

且说张汶祥别了孙癞子之后,打听到马心仪捉拿他的风声已经平息了,才敢偷进城来。他心里想:"我若要等到马心仪出来的时候才上前行刺,是很难有机会的。我在他衙门里住了这么久,一次也没见他出过衙门。他现在知道有我在外面,自然更不敢出来。我要报仇,就只有黑夜到他衙门里去,连同柳氏两个淫妇一并杀了。"主意已定,他就在这夜二更过后,带了利刃,从屋瓦上翻越到巡抚部院来。

张汶祥虽是武艺不错,但巡抚部院毕竟是守卫森严之地,不比寻常房屋。他伏在房檐边偷看上房的前后院子里,都有亲兵守着,暗想:淫贼有六个小老婆,夜间不知道他睡在哪个小老婆房里,我如何下手去杀他呢?他眉头一皱:"有了,我身边带了火种,何不去大堂上放火?那淫贼听到大堂失火,不会躲着不出来。大家忙着救火之际,我还怕不好下手吗?"想到这里,张汶祥就起身打算翻到大堂上去。可是他刚立起身来,就觉得眼前有一条黑影闪过去,比旋风还快。张汶祥心里大吃一惊,赶紧抬头张望,却并不见有人影。他正在惊疑间,突然感觉身后有什么东西响。回头一看,只见一个人立在屋檐边,双手举起一大摞屋瓦,向院子里打去。那瓦一打到院子里,底下亲兵顿时大叫起来。张汶祥还没看明白屋檐边的人是什么样,一眨眼又看不见了。张汶祥忽然明白打瓦的必定是赵承规。原来赵承规已和孙耀庭会过面了,知道张汶祥是一条好汉,不忍心下手杀他,却也不能让他杀了马心仪,因此只得向院子里打瓦,以警醒马心仪。张汶祥想到已经惊动了防守的人,今夜是行刺不成了,不敢再停留,一口气逃出了巡抚部院,垂头丧气地回到住处歇息。

但是张汶祥并没有减退报仇之心。第二夜他又从房上到了衙门里,一看院子里把守的亲兵更多了,就拼着不要性命,也没有法子报这仇。一连几夜,都不能下手。之后孙耀庭又来劝张汶祥跟自己回红莲寺,张汶祥仍是不肯放弃报仇。孙耀庭因为他不听劝,赌气回浏阳去了。此后张汶祥夜深时还是偷进巡抚部院,寻找时机。无奈有赵承规时刻不离地保护着,张汶祥一到马心仪睡觉的房屋上,赵承规就在暗中抛砖掷瓦警告下面巡守的兵士,弄得张汶祥没有下手的机会。张汶祥虽然恨赵承规,但自己不是赵承规的对手,也没有方法,一连几夜都是空劳往返。张汶祥考虑到一时间恐怕难以成功,又想起孙癞子的话,只好决定暂让这淫贼多活几天,等他恶贯满盈了,再来取他性命。于是他忍气吞声地离了山东,悄悄地回红莲寺来。

他到红莲寺没多久,无垢和尚就死了。此时的知圆和尚虽然还年轻,但他是无垢最得意的徒弟,又因为全寺的和尚当中,只有他是文武双全的,众僧人都愿意推举他做方丈。张汶祥回到红莲寺的时候,无垢曾几次劝他削发出家,他执意不从:"我削了发,披上了僧衣,就应该遵守戒律,不能再干杀人报仇的事。我只要大仇报了，立刻出家不问世事。"无垢见他这么说，只得摇头叹道："孽障，孽障！要等到报了仇再出家，只怕已是来不及了啊。"张汶祥也不理会，闷闷地在红莲寺住了两年。打听到马心仪已由山东巡抚升两江总督了，他心想报仇的时候到了，不相信赵承规直到今日，还在那淫贼跟前保护，于是决定前去南京报仇。动身的时候，他去向知圆和尚道别，说："我此去南京，若不能将仇报了，誓不回来。"知圆知道劝不住他了，只得叮咛他小心谨慎。

且说张汶祥身边藏了匕首，从红莲寺动身独自到南京来。此时赵承规早已不在马心仪跟前保护了，但马心仪自从在山东闹过那几夜刺客之后，知道张汶祥不死，必会替郑时报仇，因此防范得极严。尤其是夜间，每夜必更换几次睡处。张汶祥深夜偷进总督衙门探了好几次，都没能探出马心仪睡在哪里。而马心仪在白天又不出来，以至于张汶祥从二月间到了南京，直等到八月里，还不曾见着马心仪一次面。好容易等到中秋这日，才得着了八月二十日马心仪将到校场坪看操的消息。张汶祥大喜，心想：这淫贼既然亲自出来看操，便不愁刺杀不着他了。不过他是一个位极人臣的大官，这大富大贵的人身边常有百神呵护。这话虽然荒唐，但我既然要去报仇，不妨去城隍庙，求城隍菩萨怜我一片苦心，在暗中保佑我成功。张汶祥平时原不信神鬼的，这时却买了香烛，走进城隍庙，痛哭流涕地跪在神前默祷了一番。他捧卦在手，默念："弟子这仇若这回能报得了，恳求菩萨连赐三回胜卦。这回报不了，就求连赐三回阴卦。"将卦掷下，得了一回胜卦，心中欣喜。又掷又是胜卦,第三回还是胜卦。于是他又默念:"若就在八月二十日这天能报这仇,仍求菩萨连赐三回胜卦,不能就是阴卦。"想不到掷下卦去,是阴卦,再掷还是阴卦,掷三回又是阴卦。张汶祥不由得着急地说道:"菩萨既许弟子的仇能报,八月二十日是那淫贼看操之期,这日不能报,过后又哪里还有机会给我去报呢?弟子只得求菩萨明示:既然八月二十日不能报,若二十一日能报,仍求赐三回胜卦。"掷下去还是三个阴卦。又问二十二,也是三个阴卦。又问二十三日,连掷出来三个胜卦。

欲知后事如何,请听下回分解。

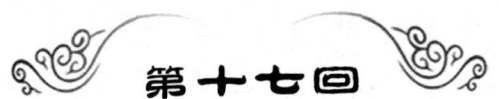

第十七回

救巡抚火烧红莲寺

张汶祥心中疑惑："这就奇怪了。二十日淫贼出衙门看操，我倒不能报仇，错过了这个机会，哪里再有我下手的时候呢？我忍气吞声等到了今日，也只好听天由命，顾不得城隍爷的卦象了。二十日就是报不了，也得下手。"出了城隍庙，张汶祥就思量要如何才能近马心仪的身，忽然他心中暗喜："有了！从总督衙门到校场，没有多远的道路。总督出来，照例文武官员都得站班伺候。我何不办一副纱帽袍套，假装一个候补小老爷，混在班子里面。南京几百名候补的小老爷，有谁能个个认识呢？等到淫贼在我身边经过的时候，我再动手，还怕他逃了吗？"主意已定，他就去买了纱帽袍套，准备等到了二十日，穿戴起来去站班。谁知八月十九夜里，忽然下起雨来，下了一整夜，二十日天明还不止。马心仪只得临时改期，推迟三天再看操。张汶祥到这时才信服城隍爷真灵验。

到了二十三这日，张汶祥起来穿戴整齐之后，当天摆了香案，跪地默求他郑大哥在天之灵，暗中帮助他报仇成功。但是他毕竟不是做官的人，不知道官场的习惯，又是独自一个人,没有当差的去打听消息。想不到马心仪下校场的时候极早,等张汶祥赶去时,马心仪已到校场好一会儿了。校场上拥护马心仪的人太多,候补小老爷没有近前的资格。马心仪看完了操回衙的时候,文武官员还是要站班伺候,张汶祥只得混在校场中等候。好在南京没有认识张汶祥的人,而且他头上戴了纱帽,遮去了半截面孔,就是熟人,不注意也认不出来。任凭马心仪如何机警,如何防范,在山东时结下的仇怨已隔三年了,他又正是官运亨通、志得意满的时候,哪里会想到有仇人来呢?说到这里,又似乎是马心仪恶贯满盈,该死在张汶祥手里。这日他来校场看操的时候,是乘坐大轿,两旁有八个武官护着去的。若是下午回衙的时候,还是这样,张汶祥的本领虽高,也不一定能将马心仪刺死。偏巧马心仪看操看得得意,一时高兴,要步行回衙。他是总督,他要步行不肯坐轿,谁敢勉强要他坐轿?在他以下的大官,当然都陪着他一同行走。一般小官,都齐齐整整地分立两旁,排成一条道,从校场一直排到总督衙门的大门口。此时满城的僚属都排班在两旁伺候,马心仪自然十分得意。他一面挺起肚皮大摇大摆地走着,一面微微地向两旁的官员点头,哪知道已经走近总督衙门了,猛然从身旁跳出一个袍褂整齐的官儿来,口称给大人请安。"安"字还没说出口,一把雪亮的匕首,已刺进马心仪的大肚皮里面去了。马心仪当下惊得"哎呀"一声,来不及倒地,张汶祥已把匕首在肚皮里面一转,将肚皮划出一个大窟窿,肠子顿时从窟窿里迸了出来。马心仪见是张汶祥,还喊了一声:"拿刺客!"才往后倒。可怜那些陪同和站班的官儿，突然遇了这种大变故，没一个不吓得屁滚尿流，都不敢冒死上前。张汶祥拔出匕首来，扬着臂膊，在人丛中喊道："刺客在这里，绝不逃跑，用不着你们动手捉拿。"众人见张汶祥没有反抗拒捕之意，才敢围过来将张汶祥捉住。马心仪左右的人，将马心仪抬进了衙门。马心仪双手按住自己肚皮上的窟窿，向左右心腹人说："赶快进上房去，将七姨太、八姨太用绳索勒死，装在两口空箱里，趁今夜沉到江心里去。施星标夫妇也立即处死，不可给外人知道。"吩咐了这番话他才咽气。左右的人自然遵照他的遗嘱行事，柳无非姊妹和施星标夫妇，真是做梦也想不到是这般结局。马心仪之所以要将四人处死，因为他在四川与郑时结拜，及诱奸柳氏姊妹的事如果被揭穿，罪恶也很重，清廷必认为他死有余辜，倒被张汶祥得了一个义士的好名声。他的罪恶，当时除了张汶祥，只有这四人知道。只有除去这四人，事后由张汶祥一个人供出来，也是旁无对证了。就因为他使了这手段，后来曾国藩才敢隐瞒事实，凭空捏造出一段平常人报仇的情由，奏报清廷，险些把这个顶天立地的好汉张汶祥埋没了。

当时张汶祥束手就擒之后，相关的官员便提出他来审讯。他爽爽直直地说："你们不用问我为什么杀马心仪。杀人抵命，马心仪是我杀的，将我杀了抵命就是了。"无论这些官如何审问，张汶祥只咬定牙根，一字也不肯吐出报仇的缘由。当时南京的官员和人民，都猜这案子里面必有隐情。马心仪是曾国藩提拔的人，一出了这样的变故，曾国藩怕连累自己，就亲自来审理。别的官员审问张汶祥的时候，张汶祥只是不肯供出报仇的原因来。曾国藩来审问他，倒惹起了他的性子，横眉怒目地指着曾国藩大骂："你配来审问我吗？像马心仪这般人面兽心的东西，你瞎了眼，将他提拔，到今日你还有脸来问我？我没有话对你说。我杀了人自愿偿命，还有什么话说？"曾国藩毕竟是一个有修养的大人物，被张汶祥这样指手画脚地大骂，并不生气，反而很爱惜这样的英雄，含笑点头，说："看你这般气概，倒是一个好汉。你做的事，既然光明磊落，为什么不照实说出来，使大家知道？何苦担着一个凶手的罪名，死得不明不白呢？"张汶祥听了，冷笑一声说："你休想用这些甜言蜜语来骗我的供。我只知道你不配问我的话，我就有千言万语，也绝不对你说一个字。"曾国藩见他这么说，问："我不配问你的话，谁配问你的话呢？"张汶祥说："要问我的供，除了当今天子，就只有刑部尚书郑青天才配。"曾国藩心想：刑部尚书郑敦谨，是一个清廉正直的人，这人既然说非郑敦谨来不肯招供，只好请郑敦谨来审。

原来郑敦谨十多年前曾做过好几任府县官，到处清廉正直，勤政爱民，各府各县的百姓，都称他为郑青天。张汶祥在江湖上闯荡时，多次听说过郑敦谨正直的名声，心里对他十二分地钦佩。

郑敦谨一到南京，就和曾国藩同坐大堂，提出张汶祥来审问。曾国藩说："你要刑部尚书郑青天来才肯说实话，现在郑青天已来帮审，你还不实说吗？"张汶祥听了，抬头看了郑敦谨一眼，点了点头，说："郑青天来了，我的话是可以说了，不过只能由郑青天一个人问我，并且用不着坐堂，我才肯说。"曾国藩为要问出张汶祥真实的口供，只得允许，当即退了堂,请郑敦谨单独坐在花厅审问。退堂之后,郑敦谨只带了两个随身仆役,坐在花厅上,吩咐提张汶祥上来。张汶祥来到后,说:"大人要犯民照实吐供,请先把左右的人遣退。"郑敦谨知道张汶祥是个义士,绝不会在这时候乘机逃走,当下便让随身仆役退下去了。张汶祥见人已离开了花厅,才对郑敦谨说:"犯民在没招供以前,先要求大人答应一句话。大人答应了,犯民才敢实说。不然,还是宁死不说出来。"郑敦谨说:"你说出来,可以答应你的自然答应。"张汶祥说:"犯民在这里对大人所招的供,大人能一字不漏地奏明皇上,犯民自是感激高厚之恩。若因有妨碍不能据实奏明,就得求大人将犯人所供的完全隐匿,一字不给外人知道。"郑敦谨见张汶祥说得这般慎重,也毫不迟疑地答应了,并发了一个严守秘密的誓。张汶祥听了,才一五一十地从在四川当盐枭时起,直到刺死马心仪止,实实在在供了一遍,只没提红莲寺的话。供完了后,郑敦谨叫差头将张汶祥带下去,自己去和曾国藩商量。他竭力主张照实奏明,曾国藩哪里愿意。郑敦谨也知道这案子若据实奏上去,连曾国藩都得受重大的处分,考虑到自己权势远在曾国藩之下,就算竭力主张,也是没有用的。但是若不据实奏明,就得捏造出另一种原因来结案,于心不安,他思量了很久,除了称病告老还乡,没有别的办法。主意已定,郑敦谨就从南京回到长沙乡下隐居不问世事了。郑敦谨一直到死,都没有拿这案子向人提过半个字。幸好当日出京的时候,带了一个女婿同行。这位女婿乘张汶祥招供的时候,悄悄地躲在那花厅的屏风背后,听了全部事情经过。郑敦谨去世之后,他才拿出来对人说说。

再接着说那红莲寺的知圆和尚。自从无垢圆寂之后，他便掌了红莲寺的大权。无垢原来传给了他不少法术，后来他又跟孙癞子学了些。孙癞子在浏阳住了不到二十年，就回峨眉山侍奉毕祖师去了。孙癞子走了后，知圆和尚便渐渐地不安本分了。不过他为人聪明机警，骨子里越是不安本分，表面上越显得一尘不染。他那种行事机密的本领，实在了不得，不仅做得使一般人识不破，受了些好处的人还歌功颂德。就是孙癞子时常到红莲寺来看他，都不知道他已干了许多无法无天的事。若不是他恶贯满盈，鬼使神差地把卜巡抚弄到寺里来，再过几年也不至于案发。

　　前面讲到知圆和尚劝卜巡抚削发不从，就将卜巡抚罩在那口大钟里，要活活地将他饿死闷死。谁知陆小青来寺里借宿，窥到了一些内情，于是知圆便要除掉他，不想被柳迟救了。陆小青逃走后，知圆就有些惊慌了，立刻打发没有能耐的党羽，趁夜深逃往别处去。自己带了几个有本领的，仍在寺里守着，非到祸事临头不走。

　　次日，知圆正要和手下几个和尚商议，要把那钟揭开来，将卜巡抚的尸体掩埋了灭迹。忽然见常德庆支着拐杖，一颠一跛地走进寺来，埋怨知圆说：“你这秃驴的胆量也太大了些，怎的敢惹出这么大的是非来？还不赶紧逃命，非要坐在这里等死吗？”知圆平日虽然认识甘瘤子、常德庆等崆峒派的人，但平时也不大来往。就是常德庆也不知道知圆在红莲寺如此作恶。这回是甘瘤子有意要趁这机会，将昆仑派的人拉到崆峒派来，以报吕宣良拉桂武到昆仑派去的仇，所以特意

卜巡抚火烧红莲寺

打发常德庆到红莲寺来劝知圆,暂时离开红莲寺。甘瘤子知道卜巡抚遇救一定会把红莲寺烧掉,而他恰好可以从中挑拨知圆,说是吕宣良、红姑等一班昆仑派的人存心与知圆为难,好使昆仑派的人自相残杀。果然柳迟、陆小青等人救醒卜巡抚之后,搜查寺中,除了发现在莲座底下埋藏了几十具男女尸体外,一个和尚也没有拿着。卜巡抚也是恨极了,当下就下令大火焚烧红莲寺。烧完后,他带了陆小青、柳迟回衙门,细问二人的来历,打算尽力提拔二人。柳迟再三推辞,说自己没有兄弟,不得不朝夕在家侍奉父母。卜巡抚嘉奖他孝顺,任由他回去了。陆小青原本是没有职务的人,从此就跟着卜巡抚,后来官也做到了参将。柳迟虽然在家侍奉他父母,但因为救卜巡抚的事,和知圆一班恶僧结下了仇怨。加上甘瘤子、常德庆等与昆仑派有宿怨的人从中煽动,最后也不知闹过了多少次风波,费了多少力,才将知圆拿住正法。至于两派的仇怨,还是没有完全消除。

　　欲知后事如何,请听下回分解。

第十八回

柳迟云游遇黎一姑

杨天池在清虚观等了很多天,也没看到常德庆来找他,心中也就把赵家坪的事情慢慢地放下了。一天,他对师父笑道人说:"赵家坪的事情已了,弟子想出外游览,顺便打听一下父母的下落,请师父允许。"笑道人说:"你认为事情完了吗?"杨天池听了,感到莫名其妙,就问笑道人:"赵家坪的事,今年不是已过了收割之期,浏阳人并没出头争斗吗?他们已被弟子一阵杀寒了心,今年情愿认输,完全让给平江人了,还有什么争斗呢?"笑道人笑着说:"你知道浏阳人今年为什么不出头争斗?"杨天池说:"这个弟子知道,自然是因为师父邀请了红姑和朱师伯、欧阳师伯等老前辈,准备大斗一阵。他们知难而退,所以不敢出头,情愿退让。"笑道人笑着摇头说:"你所说的他们,是浏阳人吗?"杨天池也摇头说:"浏阳人哪怕再加几倍,有弟子一个人,就足可对付了,哪里用得着邀请那些老前辈。弟子所说,是甘瘤子师徒、杨赞廷兄弟等人。"笑道人问:"你到现在还以为杨赞廷兄弟是畏惧我们的人吗?他们今年不出头,是甘心退让吗?"杨天池说:"不是这个原因,那又是为什么呢?"笑道人说:"若单论崆峒派,不是我昆仑派的对手。说杨赞廷兄弟畏惧我们，也可以说得过去。只是这里面牵涉的人多呢，差不多可以说普天之下都在和我昆仑派为难。"杨天池吃惊地问道："这话怎么讲？师父能把原因告诉弟子吗？"笑道人叹口气正色说："你是我门下的大徒弟，我知道你天性淳厚，遇事慎重，不妨告诉你。"杨天池连声答应。

笑道人继续说："崆峒派屡次和昆仑派寻衅，都没占着上风，专依赖本派的力量又不能报复，于是联络普天下修真练气之士以做帮手，其中极厉害无比的，就是红云老祖。其他虽也有可怕之处，然我派中尚有能对付的人。"红云老祖本已答应今年来赵家坪观阵，但你欧阳师伯救了红云老祖的徒弟庆瑞的性命，红云老祖感激昆仑派的好意，答应不来观阵，于是道法远在红云老祖之下的人，便不肯自告奋勇了。杨赞廷兄弟也只得暂时退让。然崆峒派对昆仑派累世之仇，怎么能因为红云老祖不来，就不想报复呢？至于赵家坪归浏阳人，还是归平江人，与崆峒、昆仑两派都没有什么关系。大家只不过借赵家坪这块两县不管的地方做战场，又借两县农人照例的恶斗，来解决两派的恩怨罢了。我们老祖所虑的，就只红云老祖一人，以外都毫不足虑。江湖术士，有能耐的人很多，从修炼中能知道前世今生，那才算是真正的本领。然其中的区别，就和明镜照人、清水观物一样。同是一种镜子，有大有小，有极大的，有极小的；有明有昏，有极明，有极昏。大小之中，分数十百等。明昏之中，也分数十百等。极大极明的镜子，如日月悬在天空，凡天下的万事万物，无论极微极细,无不照彻。镜渐小,照的地方也渐小。清水里看东西,也是这个道理。红云老祖的道力确实能预见前世今生,只是不及我老祖看得长远。而我老祖的道法,却没有红云老祖厉害。这是各人所做的功夫不同,我们不能妄加评论。我老祖只是希望红云老祖不出头就可以了。"杨天池说:"弟子明白了。"笑道人说:"你去隐居山下找柳迟,把事情的经过告诉他,让他小心崆峒派的人。"杨天池遵了师命,动身向隐居山去找柳迟。到了柳迟家,他把笑道人的话告诉了柳迟,让柳迟小心为好。

柳迟在红莲寺救了卜巡抚,论功劳可以谋得一官半职,不过他生性恬淡,从小就悟到人生数十年,无论什么功名富贵都是过眼云烟,唯有得道的人可以与天无极。柳迟听了杨天池的话后,专心在家修炼。加之有了吕宣良这种师父,更不把功名富贵放在心目中,只一意在家侍奉父母,努力练习吕宣良所传授他的道法。

这天,柳迟在家中待得心中烦闷,便告诉了父母他想走出家门到各处去游玩,并且也可以增长一些阅历的想法。柳迟父母同意了。柳迟一路行来,边走边游览名山大川,不知不觉中就进入了山东地界。柳迟听路上的人说这一带地方有三个势力雄厚的山寨:一个是白马寨,一个是白象寨,一个是青牛寨。青牛寨的寨主叫黎一姑,是一个十七八岁的好女子,是一个巾帼大丈夫,其他两寨的人都很佩服她。柳迟听了心里不由得一动:"世上居然有这样的好女子,如果有机会的话,我要会会她。"但是,他还没有和那黎一姑见面,却又遇到了一桩奇怪的事情。

原来,每逢他打尖住店,店中人都对他很殷勤,酒菜都已经预备好了,临走又不收他一个钱,连他自己都不知这是什么缘故,也只好坦然处之。这一天晚上,柳迟又住在一个店中。刚入店门,就听见有许多人正七嘴八舌地谈论着。柳迟走进去一听,才知道是有一个赶路的客商,在路上丢失了一包银子,所以和店中人说了起来,并口口声声认定是青牛寨的强人所为。柳迟一听到了这里,嘴里不知怎么的,忽然冒出了这么句话:"我听说青牛寨的黎一姑是一个巾帼英雄,照理说她这个寨的人不会在路上夺取你的银子,或者是别寨的人所为,也未可知,你还是好好地打听一下吧。"柳迟一说完,围观人的眼光都一齐向他投了过来,看意思似乎要问他:你怎么知道不是青牛寨中人干的事?柳迟一看,立刻后悔自己说过的话,也没再说什么,直接找房间住下了。到了晚餐的时候,掌柜的又送了一桌很丰盛的酒席来,说是仰慕他人长得英俊,故而盛筵款待。柳迟不觉暗暗好笑,但也没说什么,又坦然受用了。

他正在那里享受美食的时候,就听见有一个人在院子中大喊:"好小子,有胆量的就出来较量一下!"柳迟最初还以为这几句话不是针对自己的,故也就没有理睬。后来,那人一直在叫骂,他走了出去一看,只见是一个身子很高的大汉,正站在月光之中,一见柳迟出来,立即把手一扬,似乎想放暗器。但暗器还未出手,那大汉自己却已经栽倒在地了。柳迟不觉哈哈大笑,竟有这么一个脓包,那大汉羞愧万分,直接跑出去了。柳迟走到月光中一瞧，有一支镖躺在地上。他才恍然大悟："这厮原是想用这镖打我个措手不及，不料，有人在暗中帮助我，反给了他一飞镖，所以他的镖还未放出来，自己却躺在地上了。"想到这里，他抬起头向四下张望，想把帮助他的人给找出来。

就在这个当口，忽然听到一阵很轻微的笑声，然后就从屋上跳下了一个人来。柳迟一看，这个人年纪轻轻，面貌生得很俊美，虽然穿着一身夜行人的衣服，却掩盖不了风流潇洒的神情。他正要上前道谢，就听得那少年笑着说："我本来是不想下来的，然而不下来，又怕你一双厉害的眼睛，所以，只好下来见面了。"柳迟向那少年道了谢，邀请他同到屋中去坐。那少年说："你是一个有本领的人，那蠢汉岂是你的对手，他未免太自不量力，我在屋上一看，就已经瞧出来了。"柳迟不禁满脸羞惭地说："你在取笑我了。倘若不是你老兄在暗中相助，那一支镖就早打到我的身上了，我还能从容自若地在这里说话吗？"那少年说："话不能这么说，暗中放镖不是大丈夫的举动，不论打中与否，都会让人看不起的。"隔了一会儿，那少年又笑着说："你是哪里人，为了什么事情到这里来的？我想问你一个人，不知道你和这个人认识不认识？"柳迟忙问："什么人？你不妨说出来。"少年说："提起这个人来，倒也有些小小的名气，她就是青牛山上的黎一姑。"柳迟说："哦，你问的是她啊，她是青牛山山寨中当家的，我久闻她的大名，只是还没有和她见过面，所以并不相识。"少年又问："那么，白马山的李大牛和白象山的周雪门呢，大概你也没有见过吧?"柳迟说:"不错,也都没有见过。"

那少年向柳迟看了一下,似乎要看看他这句话是出于真诚,还是随口回答,然后又说:"如此说来,你对于这一方的情形还不是很了解。大概他们并没对你叙说明白吧。好,反正现在闲着没事,我就向你说说。这里共有青牛、白马、白象三座山。这三个山寨形成一个鼎足之势。倘若能够团结的话,那三个山寨中的喽啰聚合起来,也有好几千人,也能干出一番事业。不过绿林中人大多不肯屈居人下的,哪里能合得拢,因此时常为了一点儿小小的事故就闹出争端。所幸的是以前还没有闹出什么大事。但是现在可就不同了,白马山的李大牛,虽然他没有什么本领,但却有很大的野心。他最近秘密地去邀请能人到他的山寨中来,想要把其他两个山寨吞下去。然而这件事,虽然他进行得十分秘密,但也早让其他两个山寨探到了消息。这两个山寨的寨主为自卫起见,当然也要想出些对付的方法。这样一来,不是就要闹出许多事情来吗?"

柳迟听到这里,一边连连点头,一边又暗想:"如此说来,这沿途盛情款待,表示出竭诚欢迎的意思的,乃是白马山寨的寨主在招待一位能人。不料那位真正的主没有招待到,倒把我好一顿招待。至于刚才要和我交手的那个汉子,显然是白象山派人来试探这位能人的。而现在和我交谈的这个少年,也是和这个汉子怀着同样的目的。不言而喻,是被青牛山派遣下来的。"想到这里,他又问:"老兄对于这三个山寨中的情形既是如此熟悉,想来和此中人有一些来往,你能把他们三个山寨寨主的人品和行为,细细地品评一下吗?"少年听了这话,温文尔雅地说:"小弟在这里就妄加评价了。不过,要就三个山寨中的纪律论,那青牛山最为严肃,他们只和贪官污吏、土豪劣绅过不去,遇到安分良民,任他们过去,从不劫夺他们的财物。"柳迟听到这里,忍不住笑出声来。那少年忙问:"你为什么发笑?莫非疑心我是在为他们吹嘘,不会有这样的事?"柳迟很坦直地说:"也不是。只是我刚才进店来的时候,凑巧听说有一个投店的孤身客商在路上被劫去一包银子,据他说是青牛山寨的强人所为。所以,我不由得笑起来了。"柳迟说了这句话不打紧,却把那少年气坏了,他马上跳起来说:"竟有这等事?我去问问那投店的客商去。如果属实的话,我倒要找黎一姑问问。"说完,他又跳出屋去找那个客商去了。

　　欲知后事如何,请听下回分解。

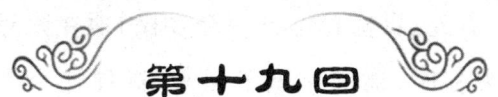

第十九回

致密意殷勤招嘉宾

不一会儿的工夫,柳迟就听得院子中人声喧杂,急忙走出去看情况。他看见那个客商当着那少年盛气之下,战战兢兢地说:"今天天色快晚的时候,我乘着马在路上走着,忽然有两个骑马的赶上来,把我的马夹在中间。我正暗暗地吃惊,他们难道是歹人?我还没有想太多,右首马上的一个麻脸汉子,乘我措手不及就把我鞍上的一个包袱夺了去。天啊,我这一次卖货所得的几百两银子,都在这包袱之中,一旦给他夺了去,教我此后如何营生,教我一家老少如何度日?我不顾性命地想夺回那个包袱时,左首马上的一个瘦长汉子,早就伸过一只臂膀来,把我挟过马去。我拼命挣扎,可是那瘦长汉子力大无穷,我无法挣脱他的手。这两个汉子都下了马,把我捆在一棵树上,又用东西堵住了我的口,然后拿了我的那个包袱,骑上马走了。"

少年听到这里,截住那个客商的话头问:"你既然被绑上了,口里又被堵了东西,那你又如何脱身,到这里来的呢?"那客商长叹一声:"说来也是侥幸万分。照理说那种偏僻的地方可能几天都不会有人来,我以为自己必死无疑了。谁知,事情发生了不久,我就看见有一个乡民,他在附近发现了我的马,想要去捉时,那马又跑了回来,这样那个人才发现了我,把我放了下来。我现在虽然捡回了一条命,但我的本钱都没有了,我的家人都指望我这点儿钱生活,这又教我如何能养家糊口呢?"说到这里,他悲痛万分,哭了出来。那个少年好像一点儿也不动心的样子,又厉声问那客商:"如此说来,你这卖货的银两,是几个过路的强人抢了去的,你怎么又说是青牛山上强人干的,难道你有什么凭证?"这一问,柳迟倒很有些替客商担心,如果拿不出证据,看样子那个客商恐怕不会有好果子吃的。谁知,那客商听了以后,倒很镇静地说:"我这也是无意中知道的。我被救之后,刚要上马,忽然看见地上有一件东西。我捡起来一看,是一方票布,大概是我和那强人挣扎的时候,那强人掉在地上的。这票布上明明写着'青牛山'三个字,所以我才说这是青牛山一伙强人干的。"说完,那客商从身上掏出了一方票布来,递给那少年。这少年把票布抢到手中,认真地看了看,面上露出了气愤的表情,但转瞬而逝,他把票布往怀中一塞,就跟什么事情都没有发生过似的,然后又对那个客商说:"不错,这是青牛山的票布。看来这两个强人,确是青牛山上的。不过,据我所知,青牛山寨的纪律严明,不抢劫过路商旅的,今天怎么会有这种事情干出来,我要去问问他们的寨主黎一姑。你们先在这里等着,我一会儿就给你一个交代。"他又向柳迟拱拱手说:"老兄在这里帮我照顾一下这位客商,我去问了黎一姑就回来,一定要叫她有一个交代。"说完,向外如飞而去。

柳迟刚开始不免为之一怔,但是很快就醒悟过来:"这少年一定很爱面子,他刚才在我的面前夸说青牛山寨有纪律,不犯行旅,不料现在就发生了这么一件事情,他面子上下不来台。所以,他现在一怒而去,倘若不是借此下台的话,那一定会有一番事情,我不妨在这里静静等待结果。"他想到这里,对那个客商好言相劝,把客商扶到房中休息。

约莫到了四更时分,柳迟还在等候着消息,忽然看见帘子一掀,那个美少年从门外走了进来。他手中提着两个包袱,看上去有些分量。只见他把这两个包袱向桌子上一放,笑着说:"虽说是奔波了一番,总算没白辛苦,事情都已经办妥了。"柳迟一听这话,马上来了兴致,问那个少年:"你见了黎一姑吗?她究竟怎样处置此事的?"那少年还没有回答,却见伙计已捧了些酒菜来,放在桌上,一面向少年说:"爷刚才吩咐掌柜的预备酒菜,我们自应照办,可是现在拿不出什么新鲜的,爷您就凑合吃点儿吧。"那少年向桌上一瞥,点点头说:"只要酒是上好的,就这几样菜,也够我们大嚼的了。伙计,你去把刚才在路上遇盗的那个客商也找到我这里来。"不一会儿,那客商果然到这边房里来了。少年邀请他们两人一起入席,然后满满地斟上了一杯酒,笑着说道:"我有一个古怪的脾气,凡是遇着较为得意的事情,总要痛痛快快地饮上几杯酒,然后再把这件事情讲给人家听。今天所做的这件事情,自谓也是十分得意的,这脾气不免又发作了。来,来,来,我们大家先干上三大杯。"说着,他把杯子举了起来。

柳迟对这种豪迈的举动也不反感,听了这话,也高兴地把杯子举起。只有那个客商,一进门来就向桌上看,两个眼睛呆呆地注视那个较小一些的蓝包袱,露着一种又惊又喜的样子。他担心被劫去的那个包袱的银两能否完璧归赵,哪里有心情来饮酒。少年见了他呆头呆脑的样子,不免有些生气,大声斥责他:"你这个人真太俗了。这就是你的包袱。我既然能替你找回,当然要还你的,里面一定不会缺少什么,你又何必呆呆地想!来,来,来,快陪我痛痛快快地饮上三大杯。"这一来,这客商倒有些害怕了,他想:"如果惹恼这少年,那倒不是好玩的。"他诚惶诚恐地说:"我实在喝不了多少,不能奉陪,不如把我饶了吧。"少年不禁狂笑:"哈哈,你真是一个俗人。不管你能饮不能饮,难道我为你奔波了这一趟,不值得喝三大杯吗?"客商一听,不能再有所推辞,于是大家都饮了三大杯。

柳迟催促那少年:"如今你该把这件事讲给我们听了。"少年道:"好,这当然要讲的。我离开了你们以后,骑上马,飞快地向着青牛山寨方向而去。那时候,黎一姑已经上床睡了。仗着我和她是熟朋友,一寨的喽啰没有一个不认识我的,看见我后,急忙去通知她。她知道我在这个时候去见她,一定有什么紧要的事情和她说,她急忙起身来接我。我也没有和她客气,一五一十地把这件事告诉她了。她听了有这种不顾名誉,败坏纪律的事情发生在她统属的喽啰中,当时气愤得不得了,但是还疑心是别个山寨中的喽啰冒名的,因此,又向我索要证据。我也不说什么,只从怀中取出那方票布来交给她。她一瞧之下,脸儿都气得铁青了,站起身来,向着外面就走,一面匆匆地向我说:'倘若这两个狗东西已回归山寨中,那是最好的事,否则,我也必立刻遣人取回这两个东西来,绝不放过他们。你就在这里守候着。'不久,我就看她拿了两个包袱回来,把包袱递给我,告诉我已经把这两个东西结果了,并让我把抢来的东西归还原主。"那少年说到这里,便拿起桌上的那个蓝包袱,还给了那客商。那客商急忙从座位上站起,跪向地上,一个劲儿地向着那少年磕头。这样一来,那少年倒慌了,急忙扶起那个客商说:"你用不着向我行这样的大礼。你且就座,听我再说下去,我的话还没有完呢。黎一姑又指着那个红布包袱,微笑着说:'我知道你是喜欢喝酒的,这一次回到那边去,一定又会开怀畅饮。我已替你预备了些下酒的东西在这里。'"

柳迟截住了话头问:"那么这包袱中究竟是些什么下酒菜?"那少年把包袱解了开来,里边还裹着好几重的油纸。等少年把一层层的油纸都解开,那客商一眼瞥去,不禁大声喊叫起来,吓得差点儿坐在地上。就是柳迟,终年在江湖上闯荡的人,一时间也呆在那里。原来,这包袱中包裹的是两个人头。不言而喻,这就是那两个抢劫银两人的首级,黎一姑已把他们从严惩办了。只有那少年从容不迫,好像没当回事,向柳迟瞅了一眼,又微微地笑着说:"黎一姑也很好玩儿,这确是很好的下酒之物。"柳迟知道这句话是在拿他开心,一时倒不知如何回答是好。而这客商对着这两个可怕的人头,再也坐不下去了,他逃也似的站了起来,急急地告辞回房。柳迟把大拇指一翘,对那少年说:"这黎一姑确是一位巾帼英雄。像这样的纪律严明,在绿林中实在罕见,让人佩服。你老兄刚才评判青牛山寨的一番话,句句都不虚。"不知为了什么缘故,这少年闻了柳迟这几句话,脸上一红,那种娇羞的样子,和女孩家差不多。柳迟瞧在眼中,不免觉得有点儿诧异。他又听那少年说:"我和黎一姑是很好的朋友。不过,你老哥刚才所说的那几句话,虽然有过誉之处,但也有几分道理,让她本人听到了,一定要好好地感谢你。既然如此,你就到她山寨中见见她,好不好?"柳迟沉吟了一会儿才说:"这般巾帼英雄,我当然是很愿意认识,只不过不知道她肯不肯和我这无名小卒见面。倘若我前去拜山,她如果拒而不见,那我也太上不来台了。"少年笑着说:"这是哪里的话,她一定会见你的,你不用担心。你要是想去的话,先由我代你通禀就是了。"

那少年又取下一个碧玉扳指给他说:"这是一个信物,你去拜山的时候,把这个扳指拿出来,黎一姑见了,没有不接见的道理。否则,他们山寨中的规矩很严,陌生之人一时恐怕不容易进去。"柳迟把那扳指接了过来,连声道谢。那少年临走的时候,又指点他上青牛山的路径:一条是大路,走起来虽然方便,但青牛山在白马、白象二山之间,要到青牛山去,必须要先打白马山经过,那时候他们一定会扣留他,最少也要惹出纠纷。所以不如舍大路抄小路,路虽然远了一些,却人不知鬼不觉地就到了青牛山的后山。柳迟连连感谢。

当那少年刚要走出去的时候,柳迟忙喊住了那少年,少年也立刻回过步来,站住静静地望着他,开口问道:"你还有什么话要问我?"柳迟犹豫了半天,才从牙缝中挤出一句话:"我还真忘记了一件事情,你老兄究竟是什么人,和黎一姑到底有何关系,你能告诉我不?"话一出口,只见这个英武不凡的美少年竟和十七八岁的大闺女差不多,脸涨得通红。好半天,他才缓过来,微笑着对柳迟说:"这个你现在不必问,等到了青牛山自然就能知道。"继而向柳迟一点头,再没有其他言语,竟自扬长走了。

欲知后事如何,请听下回分解。

第二十回

柳迟慕名拜青牛寨

到了第二天,柳迟赏了客栈的伙计几文钱,然后就大踏步走出店,直奔大道走去。不一会儿,他就到了一个岔路口。他一看靠左边的是条大路,还有一张"张大仙灵验无比"的纸头儿贴在那拐弯上,心想这大概是白马寨中人做的一种暗记号,好让找他们的人不至于迷路。右边是一条小路,这大概就是那少年所说的。这时候,柳迟迅速地向四周望了一望,见眼前并没有别的什么人,他才向那条小路走了过去。这条小路确是很狭窄,只能容一人一马过去,而且一路上荒凉之极,显然是没有多少人来往。柳迟往前走了一段,路势逐渐宽了起来。再往前走了一会儿,就来到了青牛寨的后门,门口有几个小喽啰在站岗。柳迟把扳指递了过去,几个喽啰十分客气,把他带进了山寨,还不时地给他讲解山寨的情况。不一会儿,他们就来到了一片草地。柳迟看见草地上排列了许多整齐威武的队伍,正在那里操练。柳迟十分好奇,不免停了下来看他们如何操练。他远远地望过去,只见他们所操练的,正是战场上打仗所用的变化之法,这些人时而变为一长排,好似一条长蛇出洞,灵活无比;时而幻成五小簇,又似一朵梅花盛开；时而变为一个方阵，让人感到气势逼人；时而围成一个圆圈，好像把敌人围在当中，阵式变幻极为神奇。柳迟默默观察每个人的姿势，整体有序却不失个体的表现，寓活泼于规矩之中，如果不是平日勤加操练，绝对不能有这个样子，不由得暗暗感叹。负责操练的教头是一个五十多岁的老头儿，满脸的胡子，可是精神抖擞，浑身肌肉结实，一点儿也不见老态，可见他在少年时候更是精壮无比。

柳迟站在那里看了一会儿，暗中不住地赞叹，一想到还要拜见黎一姑，便和那两个喽啰来到了大寨的前面。大寨中的值事人把他引到一间客厅中坐着，一会儿的工夫，一个老者出来接见了他，笑着问柳迟："阁下是来见我们寨主的吗？还是有别的事情？寨主现在不在寨中，不知她到了哪里去，大概不久就能回来。"柳迟便把自己的来意说明，只不过把那少年介绍他的事情没有说。老者又和他寒暄了一会儿，随后把他带到客馆中住下，说是一等寨主回来，就立刻请他去见面。说完后，那个老者自己一个人走了。柳迟一看自己一时还不能见到寨主，有点儿不高兴，但他未见到以前，又有些不甘心。柳迟抱定了一定要见的打算，就在客馆中待了下来。中午吃饭的时候，小喽啰送了很丰盛的酒菜来，晚上也是如此。不过当问到他们的寨主，小喽啰总是回答说："寨主还没有回来，大概在外面给什么事情绊住了，今天不见得能回得来了。"柳迟已抱着"既来之，则安之"的宗旨，也就不管她究竟什么时间能回来。这天晚上，柳迟吃过饭后，又坐在床上练了一会儿功，然后就上床休息了。

他睡得正酣之际,忽然觉得被子微微一动,似乎有什么人在扯动,立刻把他从好梦中惊醒。他跳起来一看,看见一条黑影向着房门外蹿了出去。柳迟哪敢怠慢,随手取了一把短刀,紧紧跟在后面。不料,那个黑影突然跳上房。柳迟把身上的装束紧了一下,刚想要跳上房,谁知房上反倒跳下一个人。这一下,倒把柳迟弄糊涂了,他忙把手中的短刀握住,准备等这个歹人冲过来。但是,从屋上跳下来的这个人,高声地向他招呼:"原来是你老兄,你是何时到这山寨中来的?"柳迟觉得这声音好熟,借着月光一看,原来是在客店中不期而遇,把他介绍到这里来的那个少年。柳迟回道:"哦。原来是你老兄,那么刚才上屋去的,就是你吗?"少年的脸上又是一红,急忙说:"不是我,是一个小毛贼,我因为不愿和他计较,把他放走了。"那少年一边说着,一边和柳迟走进了客馆。到了房内,少年又问:"你见过寨主没有?把我给你的那件信物给她看了没有?"柳迟一听他问,也不回答,走到床头,向那件长衣中一摸,不禁轻轻地喊了一声:"不好!"

柳迟一摸,少年给他作为信物的那个碧玉扳指已不翼而飞了。他正心里着急,不知道怎么和少年解释,忽然又有了一个念头,脸色又恢复了正常,他向少年说:"如今你老兄既已到来,失去扳指和不失去扳指,没有什么关系的。只是不知道这碧玉扳指到底有什么价值,你交给我的东西,我没有好好地保存,现在竟然让它丢了,十分抱歉。"说完,又向那少年的脸上一望。只见那少年的脸上,立刻露出不高兴的表情,他本以为这种侠义之人,应该不会看重身外之物的。

柳迟正在诧异，又听那少年说："这碧玉扳指，是先父唯一的遗物，一旦丢失了，实在有点儿放置不下呢。而且，这个物品还另外有两个关系，不能让它随便就丢了而不追问。"说到这里，他的老毛病又发作了，好像姑娘害羞一样，脸上又红了。柳迟刚想追问为什么不能丢失，就听那少年又说："这个贼人真可恶。别的东西不偷，偏偏要把这个碧玉扳指偷了去。我一定要想办法把这物件追回来。也罢，我们如今且先见了黎一姑再说。大概她也回到寨中了。"正说着，一线曙光从窗外射了进来。在阳光照耀之下，他们在墙壁上看见了一张小纸条，上写道："有人冒我的名，我盗他的宝。这样看来，真的是非常有趣。只可怜美人还毫不知情。如果想寻回宝贝，南山有堡。"他们二人瞧了这一张小纸条后，都触动了他们各自的心事。柳迟不觉暗叫一声："啊呀，这来盗碧玉扳指的人，一定是白马山所请的那个不知姓名的能人。他连我冒名顶替的事情都知道了，只不过他对于这件事的始末，是否完全知道？如果他不知道我冒名顶替是出于将错就错，疑心我是有意如此的，那可就糟糕了。"那少年也不觉暗唤一声："惭愧，什么美人不美人，真是十二分地刺眼。大概对于我的事情，这个人是完全知道了。如今左不盗，右不盗，偏偏把这碧玉扳指盗了去，这显然是存有一种深意，更是不容易对付啊。"他们两个人对纸条上所写的，都有不明白的地方，这使得他们都沉思了起来。最后，还是那少年先打破了这沉寂的气氛，笑着说："这也是很平常的一种玩意儿，没有什么大不了的。等我日后找到了盗走它的人，和他好好地算账就是了。如今让我先去通知黎一姑一声,立刻就请你进去和她见面。"说完,他匆匆地向外走去。

柳迟趁着这个工夫,抓紧去洗漱。刚刚结束后,就看到外面进来了两个喽啰,对他说是奉了寨主的命,前来迎接贵客。柳迟便跟他们走到大寨之前,就见那个老者之外,还有一个打扮得十分齐整的姑娘,在迎候着他,这自然就是那位巾帼英雄黎一姑了。可是,柳迟刚向她瞧一眼,不觉怔呆了起来。原来,这黎一姑的面貌,竟然和那个少年极为相似。等到了寨中坐下的时候,柳迟又想到小纸条上所提起的"美人"二字,不禁恍然大悟:"这黎一姑和那少年就是一个人,怪不得那少年经常脸红。"他想到这里,冲着黎一姑微微一笑。这时候,黎一姑似乎也知道自己的身份被柳迟瞧破,也不禁一笑,说:"这只是一个游戏,阁下既然已经知道了,我们也不必再说别的了。"于是,柳迟也没说什么。接着,大家谈得十分投机,柳迟才知道那老者叫黎三丰,是黎一姑的一个族叔,正管理着寨中的一切琐事。从黎三丰的口中,又知道黎一姑的祖父叫黎平,是太平天国的一个小头目,奉命跟着某王来经营山东。后来,他的一部分人马长驻在登州、莱州一带地方。等到太平天国覆灭,他就被清军捉了去。这时太平天国的旧部,投降清军者数不胜数,他却大义凛然,不为所屈,因此,他被斩首。临刑的那一天,黎平偷偷地把一个碧玉扳指交给了狱卒,让狱卒务必设法交到他独生的儿子黎明手中。黎平对狱卒说:"我死倒是在其次,你告诉我儿子,要他向满清复仇,时时以恢复太平天国为念。"这狱卒从前也是太平军中的人物,很讲义气,几经辗转寻访,最后不负所托,终于把这碧玉扳指交到了黎明的手中。不料,黎明大仇未报就死了,只留下了一个幼女黎一姑,他便将父亲的遗命告诉了黎一姑,教她继续报仇。黎明死前说:"你孤零零的一个女孩家,恐怕干不成什么大事,最好先选择一个英雄人物嫁给他,这碧玉扳指不妨作为订婚的见证。"说完,就把那碧玉扳指交给了她。黎一姑从小就从名师习艺,本领十分高强,当听到了父亲的遗命,看到了祖父的遗物,不免大哭一场。从此她就在这青牛寨中,继续着她父亲未完成的事业。这些年,她招兵买马,精心训练,更有了一番新气象。

柳迟听了这番话以后,才知道这碧玉扳指非一般寻常的珍宝可比,是万万不能丢失的。他不由得脱口而出说:"这样说来,我把这碧玉扳指丢失了,更是罪该万死了。但既然这般珍贵的一件东西,黎寨主为什么随随便便地交给在下,难道……"柳迟的意思是要说:为什么要交给他这么一个不相识的人手中,而且也不郑重地交代上一句?黎三丰不等他把这句话说完就把话接了过去:"柳兄是一个很通达的人,难道连寨主的这一点儿意思也不明白吗?"这句话一说出来,把黎一姑闹得一个粉脸通红,连连把眼睛瞪着她叔叔,似乎让他不要再说下去。便连柳迟也觉得自己一时失言,未免有些唐突,倒也弄得有些局促不安了。但是黎三丰也不知是否依仗着自己是黎一姑的叔父,有意倚老卖老,还是想把他们撮合,故意这么说的。他好像毫不知情一样,又接着说下去:"我刚才不是对你说过,先兄故世的时候,曾嘱咐她要挑选一个大

黎三丰撮合柳迟、黎一姑

英雄,然后好嫁给他。不过,一向到这里来拜山的,都是一些庸庸碌碌之人,哪里有什么英雄。现在,可给我们遇到了。"他把这话一说,意思更是十分明白:他已把柳迟视为一个英雄,并要替他们促成这件亲事。柳迟和黎一姑坐在那里,一句话也说不出来。

欲知后事如何,请听下回分解。

第二十一回
白马山单身献绝艺

现在,我们先把柳迟暂时放下,回头再说白马山所请的那个能人。这个能人姓陈名达,是杨赞廷最小的一个徒弟,有一种超出寻常人的本领。这次白马山请他去,是秘密进行的,生怕让其他山寨中的人知道。所以,他没有和白马山迎接他的人一起走,而是晚了三天才动身去白马山。不料,就是晚了三天,人家就把柳迟误认作了他,凡是受过白马山嘱托的几个客店,对于柳迟招待得十分殷勤,供应得也相当丰富,对他却不理睬。他刚开始的时候还有些生气,想把柳迟的身份揭穿。但冷静下来一想:白马山这次请我去,不就是为了求秘密起见吗?如今,这里有一个冒名顶替的人,那是再好不过了。就是这秘密已给我们敌人所探知,沿途如果有什么花样,也一定是指鹿为马,和我毫不相干。把这个冒名者当成我,那一切的事情都由这个冒名者去承担,我这样反倒可以躲避开敌人的监视,顺利安全地到达白马山了。

陈达这么一想,感觉很高兴。因此,他也不去戳穿柳迟的身份,只是远远地跟在后面,暗中查看柳迟的举动。等到了住宿的那个旅店中,店中人因为已经把柳迟接待了,对于相貌并不怎样出众的他当然不会注意。他也没有声张,和寻常旅客一样,随便找了一个房间就住下来了。然而柳迟入店后的种种举动,他都随时在那里暗中观察。所以,那一晚那大汉在院子中叫喊,以及镖未出手,自己先行栽倒等等,陈达都一一瞧在眼中,并连这大汉是何来意,他都猜到的。不过,在那大汉中了暗器离去以后,忽然又从屋上跳跃下一个少年来,倒使他暗中吃了一惊,但他所惊的,并不在这少年来得突然,而在这少年的面貌长得如此的俊美。他细细地打量一番后,才瞧出是女子乔装改扮的。后来,他又偷听到那美少年所说的一番言语,并看到那美少年种种的举动,不禁恍然大悟:"这不就是黎一姑吗?我险些也让她蒙蔽了。"这一来,他倒痛恨起柳迟,如果不是柳迟在前面冒充他,这一番艳福,就是他享受了。等到黎一姑邀请柳迟前去拜山,并把一个扳指交给柳迟做信物,显然有委身于柳迟的意思,这更使他怒火中烧,他在心中盘算半天,才决定趁着柳迟前去拜山的时候,自己跟了去,当着黎一姑的面,想法把那扳指盗了来。他料想,自己的一身本领如果能让黎一姑看见,到那时候就会赢得她的好感,自己也可以抱得美人归了。

  第二天,柳迟抄着小路,前往青牛山拜山,他一直小心地跟在后面,偷偷地来到了寨中。他又捉着了两个巡更的小喽啰,从小喽啰口中知道柳迟正住在客馆中。他一个人前去偷那个碧玉扳指,等到了手之后,他又故意把柳迟的被子拉了一下,让他惊醒过来,然后自己才走,这又是在显弄本领。不料,这时黎一姑也恰恰从外面回来,如果一直追下去,虽然不能捉住他,但是也会有一番厮杀。谁知黎一姑把他当成一个小毛贼,不屑和他交手,轻轻地放他走了去。于是,他一出来就直奔白马山来了。

白马山的李大牛,见他到来,当然十分欢喜。李大牛一边和他寒暄,一面又带着惊讶的表情问他:"陈兄,你是从哪条路过来的?据我所派出去的小喽啰回来报告,说你昨日自从那家客店出来以后,好似失踪的一样,我们正在惊疑不定,以为你走错了路,正准备加派人手去找你呢。"陈达听了,仰天哈哈大笑地说:"他们这一般人始终也没有注意到我,怎么能知道我的行踪?你的喽啰所报告给你听的,是别人的行踪,恐怕和我无关。"这一说,倒说得李大牛蒙了,过了半天,才又问陈达:"这是什么话?我叫他们沿途留心接待你,只有你一个人,怎么又会误会到别人的身上去?"陈达又大笑着说:"你不知道,像我这么一个无名小卒,还有人沿途冒着我的名儿呢。你想他们都是不认识我的,怎又弄得清楚呢?"李大牛不免更惊诧:"怎么还有冒名的人?我真是一点儿也不知道。"陈达便把沿途的情形告诉了李大牛。

李大牛听完后才恍然大悟,陈达又把这碧玉扳指拿了出来,说:"这冒名的人,已经前往青牛山寨中去了,我也跟着他一起去了,这就是我在那里得来的一件战利品。"李大牛凝神看着碧玉扳指,脸上露出惊诧的神气,向陈达问:"这不是从黎一姑那里得来的吗?我听说黎一姑随身佩戴着这个东西,是他父亲留给她的遗物,让她遇见喜欢的人就拿来作为私订终身的一种信物。难道黎一姑看中了你这一表人才,把这宝物赠给你作为信物吗？"陈达又笑着点点头："你这话虽然不准确，不过也差不远了。这件宝物既能归我所有，这个美人不久后也就能为我所有。"李大牛望了他一眼，不过也没有说什么，嘴里说："这倒是可喜可贺的事情，我要好好地为你庆祝一下。"说完，便把他请到了客厅中。

等到筵席摆上，他们正在畅饮之际，忽然有一个小喽啰前来报告：有一个姓柳的前来拜山，并指名要见新到山寨的陈达。陈达就知道是柳迟来了，不禁笑着说："这厮原来姓柳，他倒是把我打听个一清二楚，夹着屁股就赶过来了。既然这样，那就让他进来吧。"陈达等人便起身相迎。等到两个人见面之下，谁知竟然非常客气，一个赶着行礼，一个也赶着还礼。等到行礼已毕，在陈达的身上发现了柳迟的足印，而柳迟的袜子上也发现了陈达脚印的痕迹。两人相视一笑。李大牛虽然站在陈达的身旁，却一点儿也不知道，只顾着把柳迟当作一位贵客，一个劲儿地向里边让。众人来到厅上，李大牛又笑吟吟地说："不知柳兄远来，不曾备得酒席。如果不嫌这是残肴，就请坐上来喝上几杯，等到晚上兄弟再专门请你。"柳迟也不客气，只是微微点点头，即在李大牛向他指点的那个席位上坐了下来。但是屁股刚一坐下，只听"咔嚓"一声响，一把很坚厚的楠木椅子，竟给他坐塌了。柳迟本来是在卖弄本领，可怜的李大牛却还是蒙在鼓里，一点儿也没看出来，反而连声责骂小喽啰。陈达在旁边冷笑着看着这个场面。这时候，挨骂的小喽啰们又另换了一把椅子来，虽也是楠木的，却比先前的那一把坚厚得多了。

但是柳迟的屁股刚和这椅子一接触,就又听见"咔嚓"的一声响,这椅子又坏了。这样一来,李大牛也明白过来,知道这是柳迟故意卖弄本领,他愣在一旁,也没有什么好办法可想。陈达在这个时候,再也不能冷眼瞧着了,他向厅外的庭中瞅了一眼,马上就来了一个主意。只见他不慌不忙地向庭中走了去,把庭中一个很大的石鼓一手托了进来。这石鼓看去最少也有二三百斤重,他托在手中,却面不红气不喘,好像没有这回事似的。来到厅上,他很随意的一脚,即把那把坏了的楠木椅子,踢开了数丈之远,让墙壁给挡住了。墙壁哪里受得住这样大的一股力量,粉尘纷纷从上面落下。陈达在这个时候,用手轻轻地放下石鼓,那石鼓便端端正正地放在席面前了。陈达带着微笑向柳迟说:"刚才的那两把椅子,委实太不结实了,竟然经不起阁下一坐。如今没有方法可想,只好拿这石鼓当椅子,委屈阁下坐下吧,如果再坏的话,那兄弟也就没法可想了。"陈达的话明明是含有讽刺的意味。柳迟哪有不明白的道理,嘴上道谢,心中却暗想:"这小子倒真可以,我不过要在他们的面前显示一点儿本领,做上一个示威的动作,不料他献出来的本领倒比我更高一步了。我倒要步步小心,如果变成了鸿门宴上的沛公,弄成来得去不得,那才是大笑话呢。"于是,大家又再次入席。

酒过三巡,菜过五味之后,突然有一样东西从梁上掉了下来,恰恰落在菜肴之中,大家拿起来一看,是一根小小的稻草。李大牛见了,笑着说:"好顽皮的燕子,竟把这样的东西给嘉宾吃,未免太寒酸一点儿,这盘菜看来是不能吃了。来人,把菜拿下去,换盘新的上来。"

手下的喽啰赶紧把菜端了下去,重新又换了一盘上来。这时候,柳迟又技痒难耐,想在他们的面前表现自己的绝技。只见他仰起头来向着梁上一望,接着含笑说:"果然是只顽皮的燕子,在向我们开玩笑。但我自问顽皮的本领,也不输给它,我正想捉着了它,问上一声,究竟谁更顽皮?"

话音刚落,只看见一个黑影急速地向梁上一冲,柳迟人已经蹿往梁上去了。转眼间,又见他轻如落叶一般飘然下来,回到了原来的席位上,手中已经捉着了一只燕子,笑微微地说:"它请我们吃稻草,我却把它捉住了。照此看来,究竟是谁顽皮呢?"满席的人都佩服他的本领。只有陈达满不当作一回事,先是注视了他一眼,又向他手中那只燕子看了看,然后摇了摇头,笑着说:"阁下的本领真是高明,果然令人十分佩服,不过,太冤苦了这只燕子,这未免也有点儿不公平。"这话一说,大家听了都觉得十分诧异,连柳迟也愣住了,呆呆地望着他。

过了半晌,柳迟才又问:"你这句话怎么讲?为何说是苦了这只燕子?为何又说是不公平?"陈达从容自若地问柳迟:"你以为掷下那根稻草来的,就是这只燕子吗?如果不是它的话,你不是有点儿不公平,把它冤枉了吗?"这一来柳迟更诧异了,忙又问:"难道当时你瞧得很清楚,掷下那根稻草来的,不是这只燕子吗?"陈达又笑着答:"我既说得这个话,当然是瞧得很清楚的。现在让我来告诉你,这事的罪魁祸首还静静地站在梁间,是尾上有一个白点儿的燕子。你瞧,它多么地闲适啊。"

说着,陈达伸出一个食指向着梁上一指。随后他又接下去说:"这未免太便宜了它,我倒不能轻轻把它放过,一定要拷问它一番。"话刚说到这里,只见他展开手来,向着上面只一抓,那只静站在梁上的燕子"扑"的一声,坠落到席上来了。陈达又很得意地一笑说:"如何?它果然向我们自行报到了,现在再让我来问问它,这件事究竟是不是它干的?"随即用手向这燕子的头上一按,果然就听见燕子呢喃地叫上了几声。陈达高兴地说:"它已招供了,这件事果然是它干的。也罢,就看在它初犯的份儿上,把它放回去好了。"只见陈达用手一挥,这燕子就又展翅飞到梁上去了。这明明又是陈达在卖弄本领,抵制对方示威的一种举动。这种景象早把柳迟看得呆了,他一不留神,把手也松开了,那只燕子乘此千载难逢的机会,也冲了出来,飞回了梁上。柳迟连连遭到两次挫败,一时呆呆地坐在席上,一点儿也不得劲儿,心里暗暗后悔自己的冲动。

欲知后事如何,请听下回分解。

第二十二回
柳陈打赌盗取扳指

众人又说了一会儿不相干的话,柳迟正准备要提碧玉扳指的事情,尽快地把扳指拿回来,还给黎一姑,也算是了了他的一桩心愿。他刚要张嘴,不料李大牛却又弄出花样来了。

李大牛一看柳迟坐在那里一句话也不说,也再没有什么特别的举动,他心里暗暗想:"好小子,你拜山就好好地拜山,为什么要炫耀你的本领,是不是欺负我们这里没有人?幸亏今天我有陈兄在此,还可以对付一下,不然,不是要给你这小子出尽了风头吗?我自己贵为一寨之主,在酒席上没有一点儿表现,只是和众人一样,木呆呆地瞧着你们不断地炫耀自己的本领,传出去,岂不要被我手下的小喽啰们所耻笑。我也得想上一个好法子,把自己好好地表现一下,不能让弟兄们耻笑我。"

他正在这么想的时候,忽然看见一个值席的小喽啰,送上一大盘热气腾腾、香喷喷的豚肩来。他眉头一皱,立刻想到了一个计策,他暗暗琢磨:"以我飞刀的本领,也是百发百中,在绿林之中不是也颇有名的吗?如今,何不就在这个上头生出些花样来,也可替我自己撑上一些门面,给大家提提气。"想到这里,李大牛取过一把尖刀,在豚肩上看似毫不起眼地一切,就切下方方的一大块肉来,他随后又举起刀尖,向那块肉上一戳,连刀带肉平举在手中。他一面站起身来,一面笑微微地对柳迟说:"柳兄,请尝尝这豚肩的风味如何?试试我们这里的手艺,这可是我们山寨中最名贵的一种食品,只有尊贵的客人才能吃得上。"

话音刚落,说时迟,那时快,只见这把尖刀闪着寒光,出其不意地向柳迟掷了过去,比流星还要来得迅急。柳迟也是一个老行家,一见这种情形,哪里会不懂得他的意思。柳迟心想,这倒也怪不得他,我和陈达二人刚才都把本领显示过,他现在也不得不来这么一手。当下不慌不忙地,把口一张,连刀带肉都衔住了。他又在齿间微微地一用力,那块肉即从刀上落下,然后又是一张口,并运了一股气把刀一吹,那把刀便向空中飞起,徐徐地落了下来,当到了柳迟的面前,他早伸出一只手,把刀接住了。于是,柳迟又轻轻地把那刀向着桌中一掷,那把刀恰恰很凑巧,不偏不倚地,正插在那个豚肩上。这一来,倒又博得合席的人暗暗喝彩,心里暗自佩服。只有那李大牛,见自己的本领竟然又为他所掩盖,心里更觉着不得劲儿了。

就这样大家又坐上了一会儿,由于每个人都是各怀心事,所以大家都没有说话,席间的气氛显得很尴尬。最后,还是陈达打破了这种沉默的局面,他笑着向柳迟问道:"柳兄此来,不是想向我取回那件碧玉扳指吗?"柳迟见他突然向自己这么问起来,心里反倒暗赞一声:这小子好漂亮,不待我向他责难，他倒自己先说出来了，真是高明。柳迟也只有老老实实地回答说："不错，在下今天来的目的就是要向陈兄索回这个碧玉扳指。想陈兄也是懂得江湖上的义气的，大概总能立刻就还给我吧。"柳迟以为这句话一说，陈达必然没有办法再推脱。

好陈达，真有功夫。他一见对方竟是这样不客气，不免又要耍点儿小把戏。只见他先是哈哈一笑，然后又说："照理呢，这东西本是从柳兄那里取来的，如今柳兄既然来向我索要，我当然须得立刻归还，没有二话。不过，我想请柳兄想一想，柳兄从前恐怕也有些对不住我的地方，而我斗胆敢在柳兄面前干上这件事，我也是要以此事为由，让柳兄明白到我这层意思呢。"他末后这几句话，真是和刀锋一般犀利，让一个胆大的柳迟也呆在那里，半天说不出一句话。柳迟心中暗想：他所谓的对不住他的事情，大概就是指我冒名顶替他骗吃骗喝吧。不过这可真是冤枉之极，我也不过是一时好奇心起，将错就错地进行下去，何尝是真要冒人家的名儿呢。但这件事情只有柳迟自己心里一清二楚，要在陈达面前解释起来，恐怕辩解得越厉害，越是让人家看自己的笑话。

柳迟想到这里，也没有更好的法子可想，他只好这样说："这只能说是彼此的误会，或者也可以说是我一时之错。也罢，听你如此说，莫非在交出碧玉扳指这个东西以前，还有什么特别的条件要向我提出吗？"陈达笑着说："你这人真的是好聪明，话也说得漂亮。不错，我在交出这件碧玉扳指以前，还有一个不大不小的条件。"柳迟说："那么，就请陈兄你把这条件说出来吧。天下的事,最怕是没有条件的,有了条件,事情就好办得多了。"陈达微笑着说:"我的条件也是很平常的。这件碧玉扳指既然是我从你那里盗了来的,那如今你要想收回原物,仍须从我这里盗了回去。我们姑且以三天或是五天为限,你看这样好不好?"柳迟听说要让他在三天或是五天之内,把这东西重新盗回去,倒觉得很有兴趣了。他想了一会儿后,对陈达说:"陈兄这样的办法,倒也很公平,我们就以三天为期好了,三天后我们看看碧玉扳指在谁手中。"陈达又说:"可是我还有一句话,要向你附带地声明一下,如果你在三天之内不能得手,此事便了结了,以后不论发生什么情况,你不能再向我提起这个碧玉扳指了。"柳迟接上了话:"这是当然的。不过还有一层,你须得明白,这碧玉扳指并不是属于我的,我三天之内不能得手的话,我就不再向你说什么了,只不过这东西的原来主人,如果要和你有什么交涉,我可不能负责。"陈达说:"哦,那原主或者还要和我有什么交涉吗?好,那倒不要紧,本来我既然得了碧玉扳指,她不来找我,我还要去找着她说,如果她肯来和我交涉,那是再好没有的事情了。你放心,我绝不会叫你担负什么责任的。"说完,陈达哈哈大笑不止。柳迟也不管他,即向他们作别了,径自下山而去。

到了晚上,柳迟一切准备停当,又穿上了夜行衣,又一次向白马山而去,要依照他们口头所订的条约,来盗取那个碧玉扳指了。好在这山上的路径,他在白天拜山的时候,早已经看得明明白白,所以在这时一点儿也没有感到什么困难。

而且照样子瞧去,这班小喽啰们似乎已经得到了李大牛或是陈达的命令,故意对于巡逻不似往常那样注意,可以让他轻轻松松地走上山去,得到一个盗取碧玉扳指的机会。因此,柳迟也没费什么手脚,就到了这大寨之前了。可是,当他伏在陈达的屋上,向檐前伸出头来往下面观看情形时,却把他吓了一大跳。

原来这聚义厅中,四处都是灿烂的灯光,照耀得如同白昼一样,好像有什么大聚会似的。

柳迟随后又听得一阵笑语声从厅中传了出来,仔细一听,正是陈达的声音。只听他坐在那里说道:"我以为这件事,我们应该做得漂亮一些,不但在巡逻上应该松懈点儿,便是这碧玉扳指,也应该堂而皇之地放在这张桌上,可以一眼就能看见。他如果真有本领,尽可跳了下来,把这东西带走。"接着,又听到另一阵笑声,这大概是李大牛所发。一阵笑声之后,又听他说道:"你自以为这是一种很漂亮的举动,其实照我看来却不尽然。这件东西,这么堂而皇之地放在桌上,虽说是可以让他一眼望见,不必再费寻找的工夫,然我们这般人不见得全是死人,会眼睁睁地瞧着他把这东西拿了去,而不加以阻止?那么,他要当着我们这许多人的面施展他那点儿手脚,倒也不是一件很容易的事情。"他们似乎已知道柳迟来到了檐前,故意就这样说笑着、问答着,让柳迟明白这里面的情形。

柳迟把他们的话一句句都听在耳中,不觉又暗想:"诚然要当着这许多人施展出这神出鬼没的手段,不是一件容易的事情。不过,我有很轻捷的一副身手,要我像一只猴子这么急猱而上,又急猱而下,倒也不是很为难,所担心的,就是满厅的灯火点得这样辉煌,当我施展出这一个身手时,绝对不能逃脱他们的视线。如今只要想个方法,能把这厅中的灯火一齐熄灭了去,为时不必过久,两三分钟已足,这件碧玉扳指,就不怕不到我的手中来了。"他一想到这里,马上想起他的师父金罗汉来。金罗汉的本领真是了得,百步吹灯,在人家已视作一桩绝技,他却满不在乎,只要略略运上一股气,将口一张,不论有多少盏的灯火,一时间都会熄灭。柳迟后悔当时没有向师父习得这种本领,如今要用得着这一项本领时,却是无法可想了。

  不料,就在他这么沉思的时候,忽然看见了一个奇迹。这个奇迹,便是这满堂的灯火,他很想一口气吹了去的,他自己虽没有本领去实行,却已经有人代他干了去了。顿时,便听得厅中一阵骚乱,都在那里乱嚷乱叫:"这是怎么一回事?厅中所有的灯火,怎么会一齐熄灭了去,这难道是给风吹熄灭的吗?然而,哪里有这么大的风,而且就是风,也不见得会这般地凑巧,吹得连一盏灯都不剩。"当下,那几个首领,如李大牛、陈达等一班人,似乎比大众能镇静一些,不住地在那里禁压着他们,连说:"快静点儿,别如此喧闹。"但这件事究竟太不平常了,把大众惊吓得几乎要发狂,一时间要想压住他们,哪里会有效果。柳迟很想乘着这个好机会跳下去,凭着他敏捷的手法把那碧玉扳指盗取过来呢。可是,他刚要向下跳的时候,忽又听到厅中起了一片异乎寻常的喧叫。原来,刚才熄了去的灯火，现在又一盏盏地亮起来了，又恢复了先前的原状了。这满堂的灯火一齐熄了去，还可归之于大风，现在，居然不用人去点，又都一齐亮了起来，这可是不得了的事情。

陈达是何等有经验的一个人，知道此满堂灯火之一熄一亮，其中大有蹊跷，看来一定是敌方故弄玄虚，供在桌中的那个碧玉扳指，无论如何是保不住了。果然，他刚想到这里，忙伸手向桌中供放扳指的地方摸了过去，竟然摸空了。陈达口中不免连说："完了，完了！"正在这个当儿，这灯火又都重新亮了起来，他不由自主地又向桌中看了一眼，方知这失败已成为确凿的事实。原来放这碧玉扳指的地方，已是空空如也，哪里还见到这扳指的一点儿影子。他不由自主地喊了出来。

欲知后事如何，请听下回分解。

第二十三回
师徒破庙听闻禅机

陈达刚刚喊出来,就听见一个苍老的声音说:"真是活见鬼,谁稀罕你这碧玉扳指,你不妨自己看看,那扳指不是还好好地在你的拇指上吗?"陈达一看,果然那扳指好好地套在自己的拇指上。柳迟这一喜可就大了,因为果然不出他所料,金罗汉已经来到这里。自己正苦于要取回扳指孤掌难鸣,如今有他老人家到来,还怕有什么事办不了呢。正想到这儿,忽然觉得有人在他肩上轻轻拍了一下。柳迟忙仰起头来一看,只见金罗汉已慈眉善目地站在他的身边。他慌忙得也忘记了是在敌人的屋上,趴在屋瓦之上向着他师父磕起头来。

金罗汉一把扶起他,很平和地对柳迟说:"我们走吧,不要再待在这里了。"柳迟对于师父的命令,当然不敢违背,但脸上还是显露出了一种犹豫的表情,意思是在说:"那么,这扳指怎么办呢?难道不取回它吗?"金罗汉好像早已明白了他的心事,笑着说:"这本来就不是你的东西,自有主人会和他们来交涉,何必一定要由你的手中取回来。"说到这里,金罗汉略微停了停,又接着说:"而且有缘人终是有缘的,绝不在于这件东西在不在你的手中。你放心好了,你和黎一姑见面的日子还长着呢。不过,你的婚姻注定了是要晚成的,现在还不到时候。"这样一来,更说中了柳迟的心病,他倒很不好意思了,再也不能说什么了。金罗汉向着下面高声喊:"陈兄,这个扳指本来就不是我们的,不妨由你暂时先保管着,将来自有主人来和你交涉,我们可要告辞了,你们也不必送我们师徒了。"金罗汉说完,侧耳一听,厅中没有任何声响,也不见有一个人出来答话。看来这一帮人,也都是银样镴枪头,见了这种神奇的事迹,吓得他们都疑神疑鬼的,不但没有人敢出来看一下,就连搭一句话的勇气也没有了。

金罗汉见到了这种情形,不免微微一笑,即带着柳迟离开了白马山,来到一所破庙里面,这庙看起来似乎已经很久没有人居住了。金罗汉拉了柳迟在一个破旧的垫子上坐下来后,突然问他:"我到白马山上去找你,你不觉得有点儿突如其来吗?你可知道我究竟为什么要去白马山找你?"柳迟说:"这事虽有点儿突如其来,然而对你老人家来说也就不算一回事。照我想来,大概是你老人家知道我要上白马山去讨回碧玉扳指,怕我一人有闪失,所以特地赶了过来帮助弟子。"金罗汉摇摇头说:"不是。照你现在的本领而言,虽然不是很高明,然而和那姓陈的相比,也不见得就会输在他的手中,如果只为这件事情,那我是可以放下一百个心来的。"柳迟诧异地问:"那你老人家既然不为这个,那为什么要着急赶到这里来呢?我可有些算不出来,请你老人家告诉我吧。"

柳迟这句一出,金罗汉不觉笑出了声音:"哈哈,你的记性怎么如此不济,今年打赵家坪的日子又快要到了,你难道忘记了吗?"柳迟不免暗叫一声:"惭愧!"打赵家坪的这一件事,不管是在他们昆仑一派中,或是在敌方的崆峒一派中,没有一个人不当作天大地大的事情去对待,一等打赵家坪的日子快要到来,双方都在惶惶然地准备着,务求制敌取胜之道。直到大家打过之后,胜负已分,方把这一桩心事暂时放下,等待明年。差不多年年如此。不过他自己,对于这件事情要比别人看得淡一些,也就没有特别放在心上。柳迟想:这一年一度的械斗,虽仍然照例举行,然而并没有怎样的大打,仍是以平江、浏阳二县的农民为主体,偶尔有几个昆仑派和崆峒派中人参加罢了。今年却不一样,昆仑、崆峒二派,都想借着打赵家坪的这个题目,大家钩心斗角地做上一篇好文章,分上一个高低上下。双方在暗地里又起上了不少的纠纷,都是摩拳擦掌,有一种跃跃欲试的神气呢。而在崆峒派一方,听说还要把红云老祖请了来,这已是宣传了好多年,而没有实行得了的。今年如果真成为事实,昆仑派也不甘示弱,也要有上一番相当的对付。那么,在今年这一次的打赵家坪中,可不言而喻的,就是要有一场空前未有的大战了。

柳迟想到这里,忍不住脱口而出问师父:"听说崆峒派他们今年还要把红云老祖请来,不知这个消息准确不准确?你老人家大概知道吧?"金罗汉还没有回答,不料,忽然有一个很大的声音从神龛后面传了出来:"这个他老人家恐怕也不知道怎么回答好。我却有八个字可以回答你,这就是:'确而不确,不确也确。'你只要把这八个字细细参详,也就可以知道一些个其中的奥妙了。"这一来,柳迟是不必说,当然是给他惊呆了。即使金罗汉阅历深、神通广,什么都不怕,什么都不在他心上的一个人,听见了这几句话,也是吃了一惊。这个人既然能在神龛后面偷听他们说话,现在又突如其来地打断了他们的话头,说出这一番带点儿禅机的话来,显然是要在他们面前卖弄一下本领的。金罗汉略略呆了一下,暗地有了一点儿戒备。

这时候,那个人也从神龛后面走出来了,却并不是怎样惊人出众的一个人物,而是衣衫褴褛、满脸酒气,背上一个酒葫芦,一望而知就是嗜酒如命的一个酒徒。这个人见了他们二人,很客气地拱了拱手说:"多多打扰了。"金罗汉微微地一点头,向他问:"你刚才所说的那八个字,究竟是一种什么意思?贫道倒要向你请教。"那酒徒一听到这两句话,好像把他乐得像拣到财宝一样,立刻哈哈大笑起来:"金罗汉,你也是海内闻名的一位有道之士,难道连我这个酒鬼江南酒侠所说的话,都不能理解得了?"江南酒侠真是有趣,他不但认识金罗汉,并把他自己是什么人,也都说出来了。江湖上有这么一尊人物,金罗汉在以前也曾听自己的师父说起过不少次,说他可以预知前世今生,洞悉世间一切事情,法力高强,不过他已经有许多年没有在江湖上走动了,这么算来他最少也有六十年没有出现了,没想到今天在这个破庙中遇见他了。

江南酒侠本来是不世出的高人,不过他却一直关心天下苍生。这几年看到崆峒、昆仑两派闹得实在太不像话,并且红莲寺的知圆和尚也道貌岸然,他再也坐不住了,决定出面清理一下局面。他决定首先处理知圆和尚,然后再调解两派的恩怨。江南酒侠从水晶球上看到知圆和尚从红莲寺跑了出来,就决定在路上等着他。

知圆在路上看见一个酒鬼骑着驴把路给堵上了,就问道:"你是谁?为什么把路给堵上了?"那酒鬼正是江南酒侠,他笑嘻嘻地说:"我常常贪杯,把我自己的姓名都忘记了,不过江湖上却都叫我江南酒侠。其实,我也只是酒醉装糊涂的,成年在江湖上流浪,又干过几件侠义的事情,不过是一个名号罢了。"知圆以前也曾经听人家说起过江湖上有这么一个江南酒侠,却想不到今天和他见面了,便高兴地说:"哦,原来你就是江南酒侠,这倒是失敬之至了。"江南酒侠说:"知圆,你作恶多端,今天碰上我,你是死路一条,快受死吧。"话音刚落,知圆就觉得眼前一片漆黑,什么都看不见了,站的地方简直是又黑又小,和监牢似的。这一来,可真把知圆愣住了,不知这究竟是怎么一回事。

原来,江南酒侠手中拿着一只玉杯,正把画满符篆的一张纸,向杯口上封了上去。封上以后,他又对着那玉杯高声说:"知圆,你就老老实实地在里面待着吧。"知圆听到这里,急得满身都是汗,忙在杯内问:"你把我囚禁在一个什么地方?真是闷死我了。"江南酒侠笑着说:"我只用了一只玉杯,便把你这混账东西囚禁在里面了。"知圆哀求他:"你这又是什么意思?我自问平日和你无冤无仇,你何必如此同我作对,请你可怜我,把我放出来吧。"江南酒侠正色说:"你虽然和我无冤无仇,但你扪心想一想,在红莲寺中已有不知多少个妇女给你玷污了清白,结果还要了她们的性命。我现在就是为这一班含冤而死的妇女报仇,难道说不行吗?"知圆又说了一些话,江南酒侠没有理睬他,挖了一个深坑,把那玉杯埋在坑中,再把泥土一层层地掩覆上去,然后,又在土上虚虚地画上了一道符篆。原来这道符一画,就好像有什么重物镇压在上面一般,不论哪一个都不能来掘开这片土了。他嘴里说:"这一下子,可以至少让他在地下幽闭上一百年,等到百年之后,那玉杯才有出土的希望。"于是,知圆就这么地给江南酒侠幽闭在土中了。然后江南酒侠来调息两大派的纷争来了。

金罗汉也从来没有见过他,现在听他说就是江南酒侠,不免好奇地向他打量了好几眼。江南酒侠接着对他说:"你如果真是不懂的话,我不妨把那八个字再改得明显一些,可以改为'来而不来,不来也来'。"他把这两句话如此一改,意思已经很明显了,中间含有两个意思:一个是红云老祖现在还在来和不来之间,现在还在犹豫;另外一个是红云老祖的来与不来,也没有多大关系,就是来了,也不见得会出手的。听到这里,金罗汉再也忍耐不住了,便大声问他:"照你这话说来,红云老祖便是来了,也是不会出手,仍和不来一样的效果,是不是?但是,这个我尚且不能知道,你怎么又会知道的?"在这句话之下,显然有一种倚老卖老的意思,言外之意就是你以为你是一个什么东西,难道我所不能预见的事情,倒会让你知道了吗?

江南酒侠一点儿也没有理会金罗汉,只是淡淡地一笑:

"这或许是各人所修的道有不同。不,这句话也不对。照一般的情形讲,大凡道德高深之士,都能前知五百年,后知五百载,就现在的这件事情而论,只在几天之后,就可见到一个分晓的,我们怎么会不知道呢?不过,照你这番的解释,还不见得全对。告诉你好了,红云老祖他此番是不会出马的了。"江南酒侠一面说,一面向着庙外走去。就是在这种冷静的态度之下,很平凡的几句话就把金罗汉的狂妄之气给压了下来,只剩下他们师徒二人,眼睁睁地望着江南酒侠渐行渐远的背影,他们也猜不出,究竟是江南酒侠的预见功夫确实高人一等,还只是醉汉口中所说的一种醉话。谁知,江南酒侠刚走到庙门口,又像是想起了一件事情,突然又转身走了回来,笑嘻嘻地向着金罗汉问:"真的,我还有一句话忘记问你了。你们在这庙中待着,不是等候着笑道人来吗?"这句话在柳迟听来,还不觉得怎么在意,以为只是他随口问一句,谁又不知道,笑道人和他们师徒是常在一起呢。可金罗汉一听之下,不免又是一呆。不错,他所以到这破庙中来,确实是和笑道人有一个约会,有几句要紧话要彼此当面谈谈。但这件事连在柳迟的面前都没有提起,怎么又会让这酒鬼知道?难道这酒鬼预见的功夫确是高人一等,什么事情都瞒不了他?金罗汉想了半天,只好反问一句:"你这句话是什么意思?"不料,江南酒侠又在极平淡的话语之中,给了金罗汉很惊人的一个答案:"我一点儿也没有别的意思,只是据我偶然所知,笑道人已到了平江,不来这里了。所以,我也顺便通知你们一声,让你们可以不必一直等下去。"他这话一说完,好像已尽了他的一种义务似的,便又回过身去,向着庙外走去了。

江南酒侠虽然是走了,但却使金罗汉好生发起呆来,心中仍然在想:"我原来和笑道人约好了在这庙中会面的,怎么在未赴此约之前,笑道人就到了平江?就算是有要紧事不得不就去平江,也得通知我一声,怎么我还没有知道,反会给这个酒汉知道了呢?"金罗汉一想到这里,不觉连连摇头:"不对,不对,这是绝对不会有的事。照此看来,这酒鬼大概是崆峒派所派来的一个奸细,生怕我和笑道人见了面,商量出了对付他们的好办法来,所以用上这么一个计策。如果真是如此用意,他们未免太笨了。我就算是在这庙中和笑道人不见面,难道不能在别处见面吗?难道他们在这次打赵家坪以前,又能用什么方法阻隔着我们,使我们连见面的机会都没有吗?"正在这时,忽然有白耀耀的一道剑光从天际飞来,目的地正在他们所坐的这个地方。

欲知后事如何,请听下回分解。

第二十四回

酒侠戏耍红云老祖

金罗汉看到飞剑来到,心中的疑问马上就解开了,笑着对柳迟说:"你瞧,这不是笑道人的那柄飞剑吗,大概有什么书信带给我了。这么看来,刚才那厮所说的话,倒是很有意思。"这时,那飞剑早把传来的那封书信递在金罗汉的手中,然后又飞了回去。金罗汉一看,笑道人果然已经到了平江,不再到这里来,并且让他们快点儿去平江。这样,金罗汉对于江南酒侠更是惊叹不已,知道他确实有一种不可思议的预见功夫,并不是在那里胡吹的。同时,他们师徒二人也就借了一个遁,转刻间就到了平江。

平江人知道昆仑派是为了帮他们打赵家坪而来,早就替他们备好了一个极大的寓所,他们一派中的人也已经到了不少。崆峒派的一方,却是由浏阳人做东道主,尽着招待的义务,情形也和这边差不多。只是到的人还要比这边来得多,那是还请来了许多本派以外的人的缘故。金罗汉师徒二人到了平江人所预备的那个大寓所中,笑道人即迎着金罗汉说:"不得了了,这一次红云老祖果真要出马了。我一听到这个消息,生怕他马上就要来,攻我们一个措手不及,所以就飞快地赶了过来，也来不及到那庙中去绕上一个弯子了。"金罗汉因为已有了江南酒侠的先见之明，并且又证实了笑道人果然到了平江这一件事，深信江南酒侠是不打什么诳语的。他笑着说："你这个消息是从哪里得了来的？我看可能不一定可靠，或者只是崆峒派的一种宣传，也未可知！"笑道人说："不，这是千真万确的一个消息，哪里是什么一种宣传。你老人家请看，这里有红云老祖给我们昆仑派的挑战书，别的都可以假，难道这挑战书也可以假得来的吗？"说着便把那份挑战书递在金罗汉的手中。金罗汉一看，果然在那挑战书之中，把昆仑派中的几个重要人物都骂得体无完肤，他红云老祖实在瞧不过去，所以毅然决然地要出马，和崆峒派一起向他们昆仑派讨伐起来了。从激情风发的文字上看，红云老祖这一次来是来定的了，出马也是出马定了。若按照江南酒侠所说的，红云老祖来是来的，却不见得会出马，这又如何会成事实呢。金罗汉被弄得疑疑惑惑的，只好默语，等待事情发展的结果。

　　不料，正在这个当口，就听见有一个人在空中说："这有什么可疑惑的，我既已说了他不会出马，那他本人就是硬要出马，在事实上也是做不到的。你难道还不能信任我吗？"听了这个很熟悉的声音，金罗汉就知道说这话的又是江南酒侠。金罗汉不觉低低地说："不得了，江南酒侠又出现了。瞧他现在的这种口气，好像他的能耐大得不得了，红云老祖一切的行动，都要听他的指挥。"金罗汉就把刚才遇到的事情，简略地和笑道人说了一遍。笑道人却仍把江南酒侠当成一个狂人,心中并不怎么信服,他大声回答:"你这厮倒是好大的口气。红云老祖来也好,不来也好,出手也好,不出手也好,我们是一点儿没有什么关系的,你还是把这个消息去告诉给他们崆峒派知道吧。"笑道人把这话一说,就听见江南酒侠哈哈大笑说:"不错,这确是我多事了。现在,红云老祖已经在半路上,我也赶快去迎接他吧,不然让他平平安安地到这里,出马来和你们一交锋,我此后不论说什么话,就要一个钱都不值了。"言后寂然,看来他果真是赶去找红云老祖了。

我们暂时先把江南酒侠放下,再说红云老祖。他自从受了崆峒派的邀请,要请去帮助他们和昆仑派打赵家坪已经是不止一次了,每次却总是有什么临时的事情发生,一次都没有出马。今年,他下定了决心,无论如何都要帮着崆峒派和昆仑派大大地斗上一场。他已经好久没有出洞了,这次也想借着这个机会,在外面游览一番。所以,他就早几日动身上了路,他没有借遁,而是骑了一匹白马,缓缓地在道上走着,欣赏着周围的景色。不认识他的人,谁又能知道这就是大名鼎鼎的红云老祖呢。

这一天,他仍是和往常一样在道上走着,一路上欣赏风景,感觉心旷神怡。就在这个时候,不知什么东西在他马的屁股后面重重地撞了一下,如果换了别人的话,一定是要给撞下马来了。红云老祖不免从马上回过头,向后面望去。只见他这马的后面,紧紧地跟着一头驴子,那头驴子高大得异乎寻常,竟然和马差不多。在那驴子上面,却趴着一个衣衫褴褛的汉子,好像对于骑驴完全是一个外行,所以才这么很不像样地趴在上面。而刚才的那一下，大概也是因为他骑得不得法，而误撞到马屁股上的。当红云老祖回头看他时，他似乎也知道是自己做错事了，左一个拱，右一个揖，口口声声地向着红云老祖赔不是。红云老祖毕竟是修过了不少年道的，要比寻常人多不少涵养功夫，岂能和此等小人物计较这些小事，也就一笑置之，继续骑马前行。

谁知，没有多久，他又被猛然撞了一下，比刚才那一下还要来得厉害，险些把他也撞下马来。他再回过头一看，仍然是那头高大的驴子紧跟在后面，驴上仍然是那个衣衫褴褛的汉子，看见他回头，又是那么左打拱，右作揖，不住地赔不是。红云老祖见了，不免暗暗觉得又好气又好笑，不过仍然不忍斥责。他一挥马鞭，这匹马就像腾云驾雾一样，飞也似的向前跑去了。红云老祖暗暗地想："驴和马是有不同脚力，刚才可能是我的马跑得太慢了一些，所以会让那驴子紧紧地跟随在后面，才会让那驴子的头撞到马屁股上来。如今我放马快跑，恐怕无论如何那驴子也要望尘莫及，赶都赶不上了。"心中正自得意，他回头一看，却真是出乎他的意料之外，那头高大的驴子仍然跟在他后面，驴上仍是那个衣衫褴褛的骑驴汉子。他再仔细一看，更使他加倍地诧异起来。原来他这匹马的尾巴，不知怎么形成了一个圆圈，把那驴子的颈项缠着了，因此，当马放开四足，飞快地向着前面跑，也就自然而然地把那驴子带着一起跑。由此看来，这一人一驴都有一点儿来历。

红云老祖是何等聪明的一个人，没有什么事能瞒得了他。他仔细观察了一下,就看出那个骑驴汉子的用意了。他把手一拱,微微一笑说:"朋友,我们各赶各的路,原是河水不犯井水的,阁下如何要和我开这样的玩笑呢?我现在算是认识阁下你了。"红云老祖虽然这样说,可是那汉子好像根本不买这笔账,又好像听不懂他这几句话的意思,口中咕噜着:"这明明是你拿我开玩笑,怎么反说是我开你玩笑呢。你瞧,是你的马在前,我的驴在后,又是你那马的尾巴勾了我这驴子的颈项,绝不会是我的驴子把颈项去反凑着马尾巴的,那么,这事实不是再明显也不过了吗?不过,我不爱和人家拌口舌的,就认自己摊上一个大晦气,我走了。"他说完这话,轻轻地把那驴子的头向后一拉,就从马尾巴中脱了出来。

　　红云老祖也不爱和那汉子多说话,便又挥起一鞭,让自己这匹马向着前面飞跑。不过,他这一次却老道得多了,头不时地向着马后张望,看看那头驴子究竟还跟不跟在他的后面。果然在转瞬之间,已是相距得很远了,最后连小小的一点儿黑影子都看不到了。红云老祖这才深深地出了一口气,好像把身上的重担放下似的。不料,他抬起头向前面一望,忽然又看见一头高大的驴子,那驴子上也骑着一个人,和先前的那一人一驴很有几分相像。他仔细一看,不由得又愣住了,因为那人正是先前骑驴的那个人。

　　这一来,红云老祖不免在心中暗暗叫苦,并怪自己今天怎么如此不济事,连一匹马都驾驭不来了。他正想着如何脱离这个汉子的时候,那汉子笑着向红云老祖说:"这在前面走着的又是我,这就叫人生何处不相逢。"他说完这番话后,又是一阵哈哈大笑,随即将两腿紧紧地一夹,那驴子又飞也似的向前跑去了。红云老祖知道那汉子今天这么一而再,再而三地向他歪缠着,绝不是什么偶然的事。而且,除了向他歪缠之外,他还发现了许多奇异的事情:在后面的驴子为什么能超到前面去?这里面大有文章,好像是那汉子在暗中使着一个什么法的一样。而自己在事前却一点儿也没有感觉。照此看来,莫非那汉子是有意要找别扭?不过那汉子的态度很谦和,也不怎么计较,所以到现在为止还没有什么事。然而那汉子既是有意地要找别扭,目的不达到,恐怕不会罢手,看来还有不少的花样。我是何等身份,岂能和他纠缠不休。还不如想个法子,避开那汉子,不在这一条道上走好了。

红云老祖这么一想,便从马上下来,把这马系在树上,驾起一片云向天空中飞去。他心中十分得意:"好小子,我现在已经驾起云来,不在道上走了,看你还有什么方法找我?"刚想到这里,就听见他的耳畔有一个声音说:"驾云有什么大不了的,我仍然有办法。"同时,红云老祖又觉得有一个人从他的背后撞了过来。一听就知道又是那厮找来了。他回过脸去一看,那汉子又在他后面了。他也不把那汉子当作寻常人物了,也不顾自己的身份了。他觉得如果避不了,还不如爽爽快快地和那汉子斗上一斗。如果斗得那汉子打不过他,这事情不是完了吗?想到这儿,红云老祖恶狠狠地看着那汉子,就等他先动手了。

那汉子却只是笑嘻嘻地说道:"啊呀,原来是你阁下,想不到又在这里见面了。刚才我说是人生何处不相逢,现在我可要说一句:上穷碧落下黄泉。你道这句诗说得对不对呀?"红云老祖听了,更显出憎厌他的表情:"咄,不要说闲话了。我问你,你一直跟着我,究竟是什么意思?不妨向我明说。"那汉子这才露出一副十分正经的面孔来:"哦,这一句话可把我提醒了,我确是为了一桩很正经的事情,要找你谈呢。现在,请你跟我走吧。"他说完这话,只见他轻轻地向前一耸身,他足下所踏的那一片云,早越过了红云老祖的那一片云,浮向前面去了。

欲知后事如何,请听下回分解。

第二十五回

江南酒侠平息纷争

红云老祖看到那个汉子这样狂妄,心中十分生气,心想这个东西不但是十分混账,并且也未免太自大了一点儿了。我和他是素不相识,他也不知道我是谁,我也不知他是谁,哪里会有什么正经事要谈。就是真有什么正经事要谈,也该向我说明要谈的是什么事,又到哪个地方去谈,看我究竟愿意不愿意。如今他既不说明情况,也不求得我的同意,就好像上司命令下属似的,教我跟着他就走。照这样的情形看,他这样做也让我太难堪了。红云老祖一想到这里,马上来了脾气,不像之前那么有涵养了,决定不跟那汉子一起走,也不和那汉子谈什么。如果那汉子真有本领,尽管来找自己就是了。可是,红云老祖的心中虽已是有了这样的一个决定,但总感觉今天发生的一件件事情,都不能由他做主。当他想把自己足下的那一片云掉过来,换上一个方向浮去时,却总是掉不过头,并好像已和那汉子的一片云,两片云连成了一起似的,尽自跟着前面的一片云,一直地浮了去,再也没有什么方法可想。红云老祖不免着急了,知道自己今天已落入了人家的掌握之中,人家的法术要比自己高得多。因为法术是最不可思议的，比如现在有两个人都会法术，如果一个人的法术高于另一个人，把那个人的法术盖过了，那么，那个人只能乖乖地听这个人的摆布，不能有一点儿反抗。如果想报仇，只能比这个人有更高的法术，不然就无能为力。红云老祖一看人家的法术比自己高出很多，只好跟在那汉子的后面。

不一会儿，他们到了一所屋子前，那汉子把云降下，红云老祖也跟着把云降下，跟着那汉子走进了那所屋子中。两人坐下后，那汉子笑着说："红云道友，你对于今天的这件事，不觉有点儿奇怪吗？我的举动是不是太冒昧了呢？不过，你红云老祖是何等神通广大的人，我如果不用这样的办法，又怎能把你请到这所屋子中来？如今能把你请到，我江南酒侠的这个面子可真是不小，实在是万分荣幸的事。"红云老祖这个时候才知道他就是江南酒侠。红云老祖暗叫一声："晦气，想不到像我这么威名赫赫的一个人，今天竟会跌入这个酒鬼的手中，本领一点儿也施展不开。"他虽然心里怨恨，不过脸上还是笑着说："我想这些话你都可以不必讲。你还是告诉我，为什么把我弄到这里来？其实，你连这话都不说也行。你就是不说，我也知道你是受了昆仑派之托做说客，劝我退出局外，不去帮助崆峒派。你说我说得对不对？"江南酒侠哈哈一笑之后，才说："你这番话然而不然，说我要劝你退出局外，那是对的；说我是受了昆仑派之托，来做什么说客，却是不对。然而，这还是一个次要的问题，不妨随后再谈。我之所以请你到这里来，却还有一个主要的问题。现在，请看这里。"说着，江南酒侠伸出一个指头，向着对面指去。

红云老祖顺着他所指之处望去,只见在对面的一张桌子上放着一个很大的水晶球,球上的幻象陆续都显现出来。这些幻象不但是十分地显明,还十分地生动,倘若连续地看起来,定要疑心自己已经置身在真实的情景之中,不会再当成幻象了。在这当儿,更使红云老祖吃惊的是在这球上又赫然地出现一个人。他仔细一瞧,正是他的二徒弟方振藻。再一看,从那面又走来了一个人,是他的小徒弟欧阳后成。师兄弟俩一见面之下,好似不胜惊喜的样子,即亲热地谈了起来。但是谈不上一会儿,大家都各自向后退了一步,握紧拳头,大有武力解决问题的意思。显然是大家谈得不大投机,已经翻脸了。水晶球上的幻象忽然一闪而灭,又把另一幅幻象换了上来。两派的人马在对垒,一派的首领是方振藻,一派的首领是欧阳后成。他们在比武之外还又斗着法,直杀得乌烟瘴气。到后来两败俱伤,每一方都死伤了不少人。接着又换了一种情形,不知多少国的兵杀进来了,大炮轰处,排枪放处,不知有几千几万个百姓死去,直至尸积如山,血流成河,无言语所能形容。最后一幅是一个烈焰飞腾的大火坑,那些外国兵都站在高山之上,一点儿没有恻隐之心,把一个个鲜活灵跳的人都向那火坑扔去,最后一个就是红云老祖自己。

红云老祖瞧到这里,就听江南酒侠大声问他:"在这球上所现出一幅幅的东西,你都瞧到了吗?这是一个大劫,不久就要实现了。想来你也是知道的。不过,据我想来,你是这个事件中最有关系的一个人,凭你的力量,如果能在事前努力一下,或者能挽回这个劫运,而把一切都消灭于无形,你有意干这一件大功德吗?"红云老祖听了,连连摇头:"太难,太难。这是注定了的一个大劫,又岂是人力所能挽回的。"江南酒侠眉头一皱:"这个我也知道,如此一个大劫,哪里是人力所能挽回的。不过,这样一来,无辜的小民未免牺牲得太多了,岂真是个个都在劫数之中的?我们总得在事前想上一个方法,能多救出一条性命,就多救出一条性命,也是好的。"红云老祖说:"这件事我们或许还能办得到。我们有一分力量,就尽一分力量,切切实实地干了去,不让你失望就是了。"江南酒侠听他说得如此恳切,不觉露出几分喜色说:"我替数百万生灵向你致谢了。好,如今这一个主要问题,总算得到了答案,我们再来讨论次要问题。我先把昆仑、崆峒二派的领袖请到这里来。"说着,在一声口啸之后,就看见两只仙鹤来到庭中。江南酒侠向它们轻轻地吩咐了几句,这两只鹤便又举翮高飞,一转眼便负了两个人来。这两个人,一个是昆仑派的领袖金罗汉,一个是崆峒派的领袖杨赞廷。这时候,他们脸上都露出了一种惊愕的表情,不知自己怎么就糊里糊涂地来到了这个地方,并有红云老祖在座,似乎连他们自己都有些不明不白的。而金罗汉是认得江南酒侠的,一见又有他在这里,更预料到这不是什么好事情。

　　江南酒侠请他们就座后,正色道:"我请你们到这里来不为别的事情,只是想请你们从今年起,永远不要再打赵家坪了。平江、浏阳二县的农民年年打赵家坪,已经是一件极无聊的事,你们也年年地帮着他们打赵家坪,这更是大无聊而特无聊的了。现在,请你们来看这里。"这三个人也不由自主地跟着他把眼睛向水晶球上望去。江南酒侠又说:"每一年打赵家坪,平江、浏阳二县的农民,不知要死伤多少人。打败的,这一年的倒霉可不必说起;就是打胜的,虽然在这一年之中,可以把赵家坪据为己有,可是仍然得不偿失。"这时候,水晶球上出现一幅伤心惨目的写真来,在这些农村中,差不多家家户户,都有受伤的人躺在那里。江南酒侠又说:"就是在你们两派之中,也有很多死伤者。试想,修道是何等艰苦的一桩事,却为了这么一件不相干的事,死的死,伤的伤,这又是何苦呢。"这时候,水晶球上却没有什么幻象映现出来,只有触目惊心的十二个大字,那是:"多年修炼,毁于一旦,何苦何苦。"江南酒侠依旧又说了下去:"再讲到你们之所以要帮着他们打赵家坪,无非为了你们两派私下积下的恩怨,想借此见一个高下,发泄一下自己的愤怒。然而,照我看来,你们积下仇怨的时候虽然多,携手合作的时候也有。如今,只把一桩桩的小恩怨记住,却把携手合作的旧历史忘了,这恐怕不是我们修道人所应该有的吧?"这时候,在这水晶球上,好像在翻看陈年账簿似的,把他们所有携手合作的旧历史,一幅幅地都映现了出来。

这时候,江南酒侠把他注视在水晶球上的目光收了回来,最后总结了一句:"所以从各方面讲来,你们帮着打赵家坪都是不应该的。现在,你们能否接受我的请求,永远停止这件事情呢?"江南酒侠一边说,一边又把眼光向他们扫射了一下。不料,金罗汉和杨赞廷竟是不约而同地回答道:"这个情形我们都知道,不用你来告诉我们。你又是什么人,配来

水晶球平纷争

干涉我们的事情，还说什么应该不应该。哼，真是太岂有此理了。"红云老祖在旁虽没有说什么，却也有点儿赞成这番话的意思。江南酒侠也冷笑一声："好，不干涉你们的事，就不干涉你们的事。不过，你们现在的第一件事情，就是要出得了这所屋子，如果不能出去的话，你们就要永远被软禁在这里了。还说什么打赵家坪不打赵家坪呢。"这句话一说，可把他们三人激怒起来了，他们三人也就不客气地一起站起身来，各自寻找出路。可是，他们用尽了种种的法术，好像在无形中有一种什么东西挡在那里，使他们无法走出去。他们这才知道江南酒侠的法力，实是要高出他们数倍，也只好颓然坐下了。

江南酒侠又笑嘻嘻地问："现在如何？肯接受一下我的这个请求吗？"他们没有方法可想，只好点点头。江南酒侠又露出十分高兴的样子说："既然这样，我就冒昧地替你们把这打赵家坪的事件结束好了。这个事件为什么会如此地扩大起来，跟杨天池的暗放梅花针，常德庆的煽惑浏阳人都有几分关系。所以，他们二人是罪魁祸首。现在，依我的意思，让他们在赵家坪跪上三日三夜，以谢历年来为了这件事而受害的人。"说着，江南酒侠突然伸出手来，向水晶球一指，在球上又赫然映现出一幅写真来，却是杨天池和常德庆直挺挺地跪在赵家坪的那块坪地上了。于是，他们三个人也没有什么话可说，江南酒侠的法力实在是太高过他们了。

平江、浏阳二县的农民，仍然在一年一度继续地打着，不过没有昆仑、崆峒二派的剑侠参加进来，也没有什么好看的花样。后来,由于死的人太多,两县农民对亲人的死去十分伤痛,不能忍受这种情况继续存在下去,他们就把事情报告给了官府。官府再也不能坐视不管,最后下了一道命令,把赵家坪的地一分为二,并且严令两县农民不许再私自斗殴,如果有违背者就收入监牢。赵家坪的事情终于解决了,百姓们再也不用年年打斗了。